ブックレット〈書物をひらく〉16

百人一首に絵はあったか

定家が目指した秀歌撰

寺島恒世

平凡社

百人一首に絵はあったか――定家が目指した秀歌撰［目次］

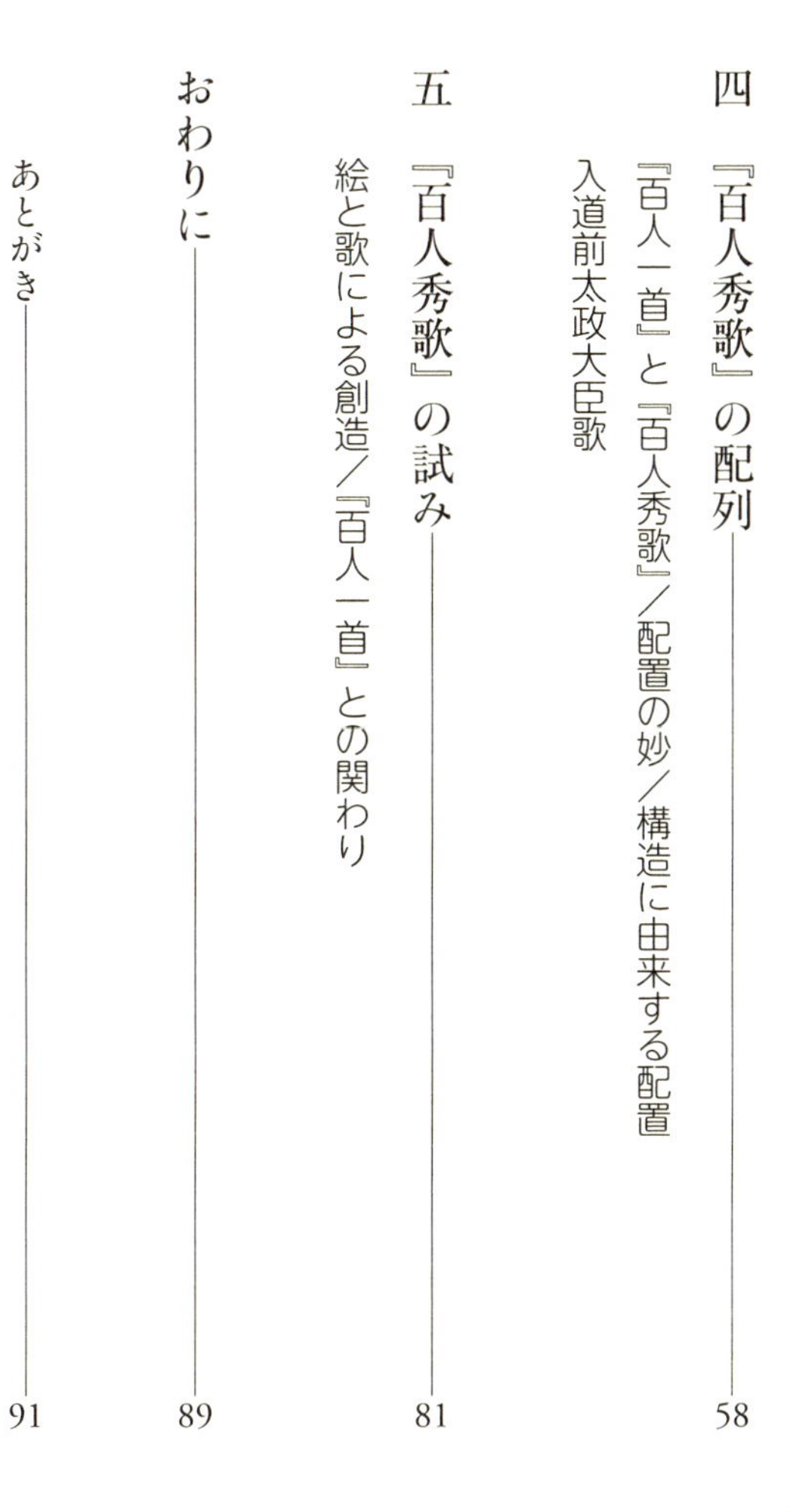

はじめに

古典の秀歌撰には絵を伴うものが多い。有名なのは藤原公任が編んだ『三十六人撰』の作者の姿を描く「三十六歌仙絵」であろう。絵巻として伝えられ、大正時代に切断されたことで知られる優品、佐竹本をはじめ、上畳本（図1）・業兼本・後鳥羽院本・藤房本（図2）など、中世以降多くの絵が描かれた。近世にはかるた（図3）にもなり、三十六名の歌人たちは、多彩な姿で親しまれてきた。

絵の豊富さでは『百人一首』もそれに勝るとも劣らず、「百人一首絵」も多くの種類の作品が生み出された。

図1　上畳本「三十六歌仙絵」 大伴家持

秀歌撰　優れた和歌を選びまとめた作品。勅撰集等とは異なる私的な撰集で、編まれ方や歌数の規模は多様である。

藤原公任　九六六—一〇四一年。和歌とともに漢詩・管絃にも秀でた平安時代最盛期の代表的歌人。秀歌撰を含む多くの歌集を編み、歌論書を著した。

『三十六人撰』　優れた歌人三十六人の歌を集め、歌合形式に仕立てた秀歌撰。柿本人麿・紀貫之の番いから平兼盛・中務の番いに至る。歌人たちは三十六歌仙として後代に大きな影響を与える。

佐竹本　秋田の佐竹家に伝来した歌仙絵。当初は上下二巻の巻子装で、上巻は歌合の左方、下巻は右方の歌人が並ぶ。現存最古の歌仙絵として有名。

上畳本　歌人が畳の上に坐る姿で描かれる。歌・絵ともに佐竹本と近い。

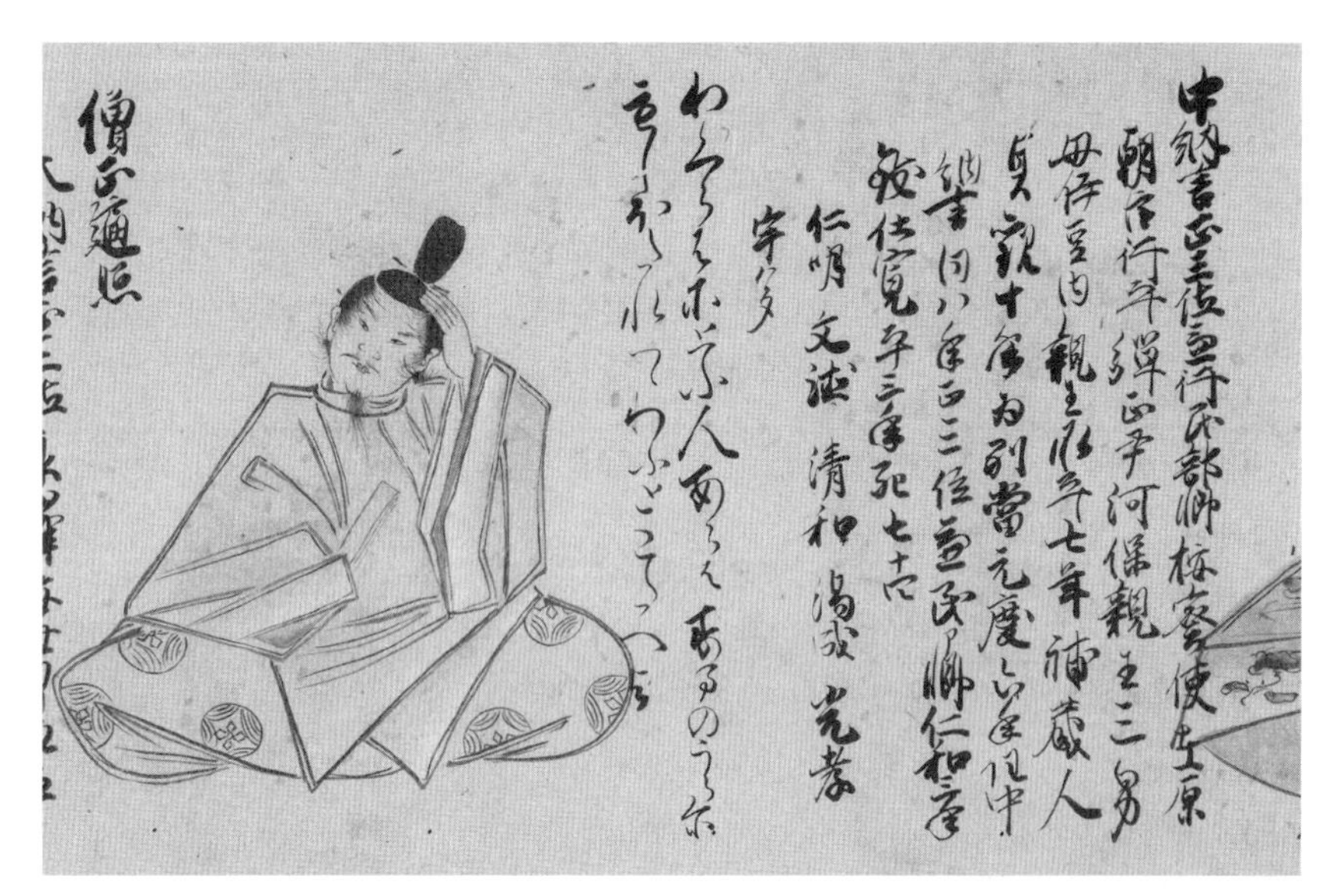

図２　藤房本「三十六歌仙絵」　在原行平　行平を収める三十六歌仙絵は類例が乏しい（他に光広奥書本が知られる）。

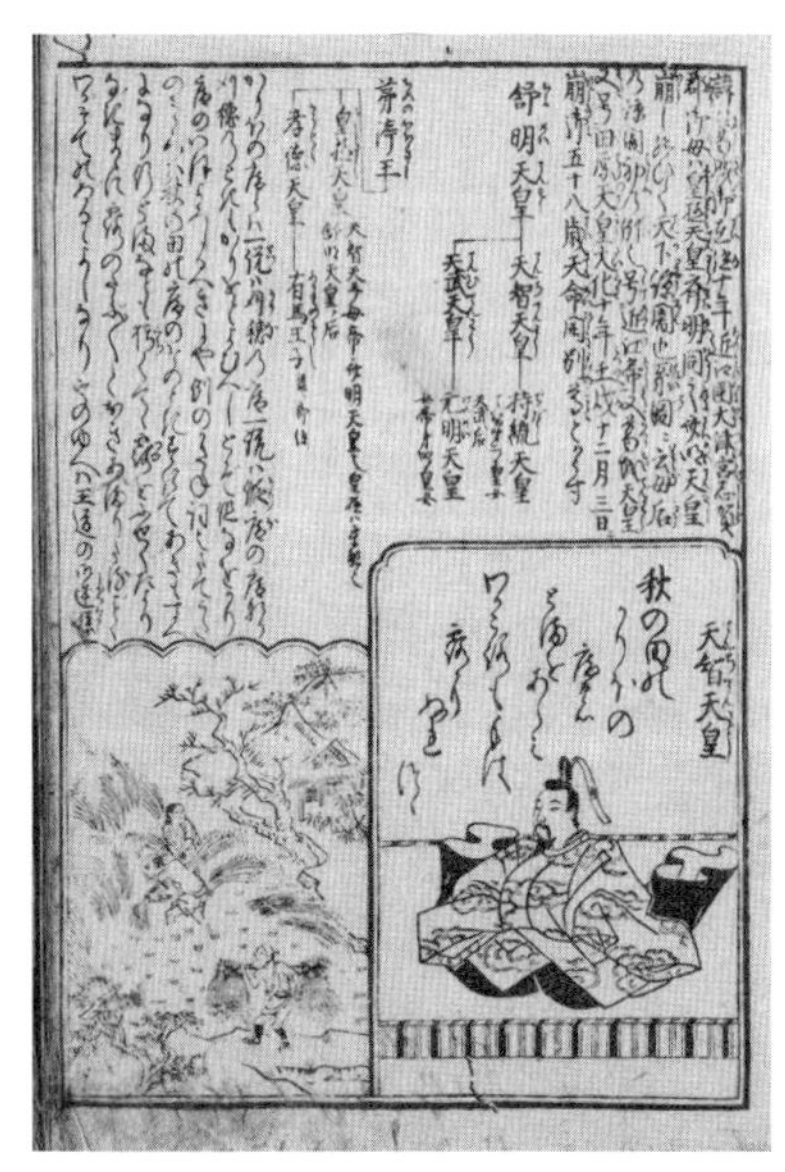

図４　『百人一首像讃抄』　天智天皇

図３　『三十六歌仙かるた』　柿本人麿

画帖、版本（図4）、扁額、かるた（図5）として、「三十六歌仙絵」以上に数多くの資料が残され、百名の歌人たちの絵姿は、時代が下るとともにさまざまな媒体において、多様に描かれてきたのである。

そのかるたは、明治になると競技にもなり、社会に広く浸透して、老若男女を問わず愛好されてきた。読み札を使う遊びの中には、歌ではなく作者に的を絞る「坊主めくり」もある。これなど、札に歌人の絵が描かれていなかったならば、生まれなかった遊びである。ともあれ、『百人一首』と言えば、絵を思い合わせやすいのが日本人の習いであろう。

では、その「百人一首絵」はいつ誕生したのだろうか。実はその起源は定かで

図5　『百人一首かるた』　持統天皇

業兼本　書を平業兼と伝える。歌も絵の描かれ方も佐竹本との差異が大きく、佐竹本の貴族好みに対し、庶民好みとされる。全貌をうかがわせる模本から、原本は左方歌人が右向き姿、右方歌人が左向き姿で描かれ、左右向き合う形式を取っていたと推定される。

後鳥羽院本　書画ともに後鳥羽院筆と伝える。小型方形の断簡で伝えられ、立ち姿の図も含まれる。

藤房本　書を万里小路藤房筆と伝える。歌人の姿態は自在で室町時代らしさを示すとされる。後醍醐帝本ともいう。

画帖　絵を集めた綴じ本。折本の形のものが多く、江戸時代に多く作成される。

版本　木版による印刷本。『百人一首』の絵入り注釈としては、延宝六年（一六七八）に刊行され、版を重ねた『百人一首像讃抄』が有名。絵は菱川師宣の手になる。

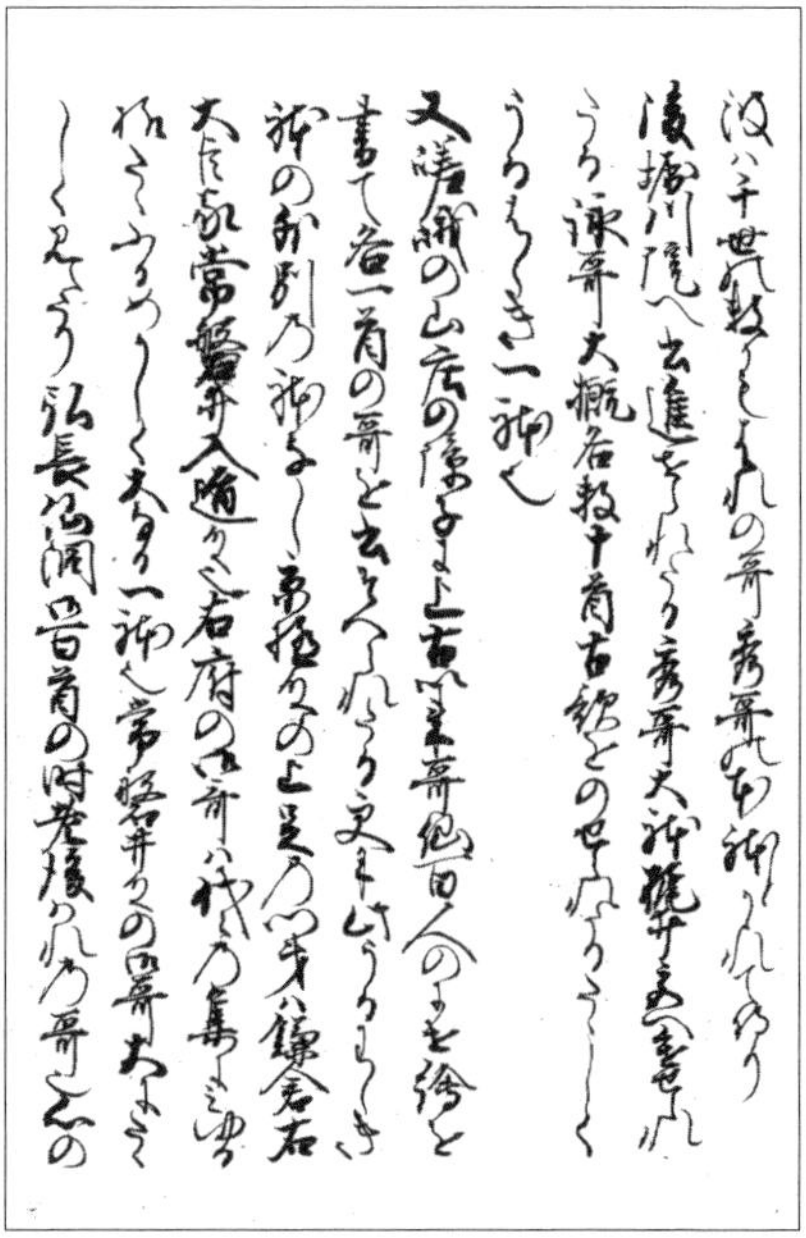

図6　『井蛙抄』　5～6行目に「嵯峨の山庄の障子」に関わる記述がある。

はなく、『百人一首』が当初から絵を伴っていたのかどうか、確かなことはわからない。中世以降、その存在を語るものとして、

嵯峨の山庄の障子に上古以来歌仙百人のにせ絵を書て各一首の歌を書そへられたる（『井蛙抄』（図6））

というよく知られた記事をはじめ、複数の証言がある。

これらを踏まえ、成立の当初から歌仙絵は描かれていたと推定する立場がある

扁額　神社に奉納され社殿に掲げられた額。歌仙扁額は室町時代に始まり、江戸時代に広く流行する。

競技かるた　江戸時代の歌かるたの流行は近代になっても続き、競技かるたとなって、より活発になる。明治三十七年（一九〇四）、黒岩涙香が東京かるた会を結成してルールを統一し、さらに隆盛となった。

坊主めくり　かるたの読み札をめくって枚数を競うゲーム。描かれた歌人の身分が基準で、貴族を引くと手に持ち、僧侶（坊主）を引くと持ち札を場に出し、女性（姫）を引くと場の札すべてが手に入るというルール。

にせ絵　似絵。人物を写実的な技法で描く大和絵。藤原隆信（一一四二—一二〇五）・信実（一一七七？—一二六六？）父子の活躍に始まる。

『井蛙抄』　藤原定家以後の系譜で嫡流となる二条派の歌人、頓阿（一二八九—一三七二）が著した歌学書。

一方で、元来絵はなく、江戸時代に至って盛んに描かれ始め、それが今日まで多く残されたと考える立場▲がある。

『百人一首』は初めから絵を伴っていたのか、それとも後から描かれるようになったのか。この課題を解決することは、日本美術史においてはもちろん、日本文学史においてもきわめて重要である。

実態が不確かな絵画との関わりを明らかにすることは、なお残る『百人一首』成立の謎を解く手がかりとなり、それが秀歌撰としての性格をより明らかにすることに繋がるからである。

依るべき資料が乏しく、推論に頼らざるを得ない課題ながら、本書では成立に深く関わっていた後鳥羽院との関わりに焦点を絞り、両者の営みを丁寧に読み解くことから、追究を試みたい。絵の問題を解き明かすには、群像としての歌仙絵が描かれる経緯を見定めることが鍵になりそうだ。

歌人・歌壇に関する貴重な証言を多く収める。

複数の証言　十六世紀前半に書かれた随筆『榻鴫暁筆』は『井蛙抄』と同様の記事を載せ、その似絵と歌は「小倉の山荘の障子」に貼られていたとする。室町時代の『百人一首』古注にも類似する記述が散見される。

成立当初から歌仙絵が描かれていたとする立場　例えば、島津忠夫氏は、成立の状況を踏まえ、定家は歌仙絵を意識していたとされる（「『百人一首』論考」『島津忠夫著作集』第八巻、和泉書院、二〇〇五年、初出一九六二年）。

元来絵はなかったとする立場　例えば、森暢氏は、室町時代まで、百人一首絵の遺品はなく、江戸時代になって多く登場することから、成立当初は絵は描かれなかった公算が大きいとされる（「百人一首絵」『歌仙絵・百人一首絵』、角川書店、一九八一年、初出一九七二年）。

一▼『百人一首』の成立

時代の所産

『百人一首』の成立は、古く江戸時代から論じられ、今日に至るまで種々の議論が交わされてきた。その出発点となったのが、藤原定家▲（図7）の日記、『明月記▲』に書き留められた次の記事である。

> 予もとより文字を書く事を知らず。嵯峨中院の障子の色紙形、ことさらに予書くべき由、彼入道懇切なり。極めて見苦しき事と雖も、なまじひ[い]に筆を染めて之を送る。古来の人の歌各一首、天智天皇より以来家隆・雅経に及ぶ。
> （文暦二年（一二三五）五月二十七日）

「文字を書く事を知らず」と謙遜する一文に続き、「嵯峨中院」という建物の「障子」に飾る「色紙形」を「彼入道」から強く求められ、悪筆を忍んで染筆し、彼のもとに送り届けた、という内容が記されている。送った歌は、古来の歌人の

藤原定家　一一六二―一二四一年。「ていか」とも。『新古今和歌集』と『新勅撰和歌集』の撰者を務め、歌壇の中心人物として活躍するのみならず、古典の研究も進め、その継承に貢献する。後文に示すとおり、後鳥羽院とともに和歌の隆盛化に果たした役割は大きい。

『明月記』　定家が青年期から没年に及ぶまで記した漢文日記。現存するのは、途中欠脱を含み、治承四年（一一八〇）から嘉禎元年（一二三五）に至る記事である（十九歳～七十四歳）。

藤原家隆　一一五八―一二三七年。「かりゅう」とも。『新古今和歌集』の撰者を務め、歌壇では定家と並び称される活躍をする。後鳥羽院に対して終生忠誠を尽くし、定家と対照的に、良好な関係を保った。

藤原雅経　一一七〇―一二二一年。飛鳥井家の祖。後鳥羽院の命により鎌倉から召され、『新古今和歌集』

の撰者を務める。蹴鞠にも秀でていた。

藤原為家　一一九八―一二七五年。『続後撰和歌集』と『続古今和歌集』の撰者を務め、父定家の後継者として歌壇を支えた。

各一首で、具体的にその歌人たちは、古代の天智天皇から、当代の藤原家隆と藤原雅経に至るメンバーだという。

この記事を読む時、見逃すことができないのは、ここに書かれた内容が、時代を覆う空気と深くしかもデリケートに関わっていたことだ。その確認から始めよう。

図7　『中古三十六人歌合』　藤原定家

「嵯峨中院」の主である「彼入道」とは、宇都宮頼綱という名の武士である。有数の御家人として鎌倉幕府に仕えていた彼は、遡ること三十年前の元久二年（一二〇五）、将軍の後継をめぐる騒動を起こして出家し、いまは嵯峨に暮らす身で、法名を蓮生という。

その彼が、自分の山荘に飾る色紙和歌の選定を求めてきたのは、定家が当代随一の歌人だったからだけではなく、蓮生の長女が定家の長男、藤原為家の妻という姻戚の関係にあり、定家や為家を援助し続ける親しい間柄であったからだ。

『百人一首』とは、鎌倉の関係者が、自身の山

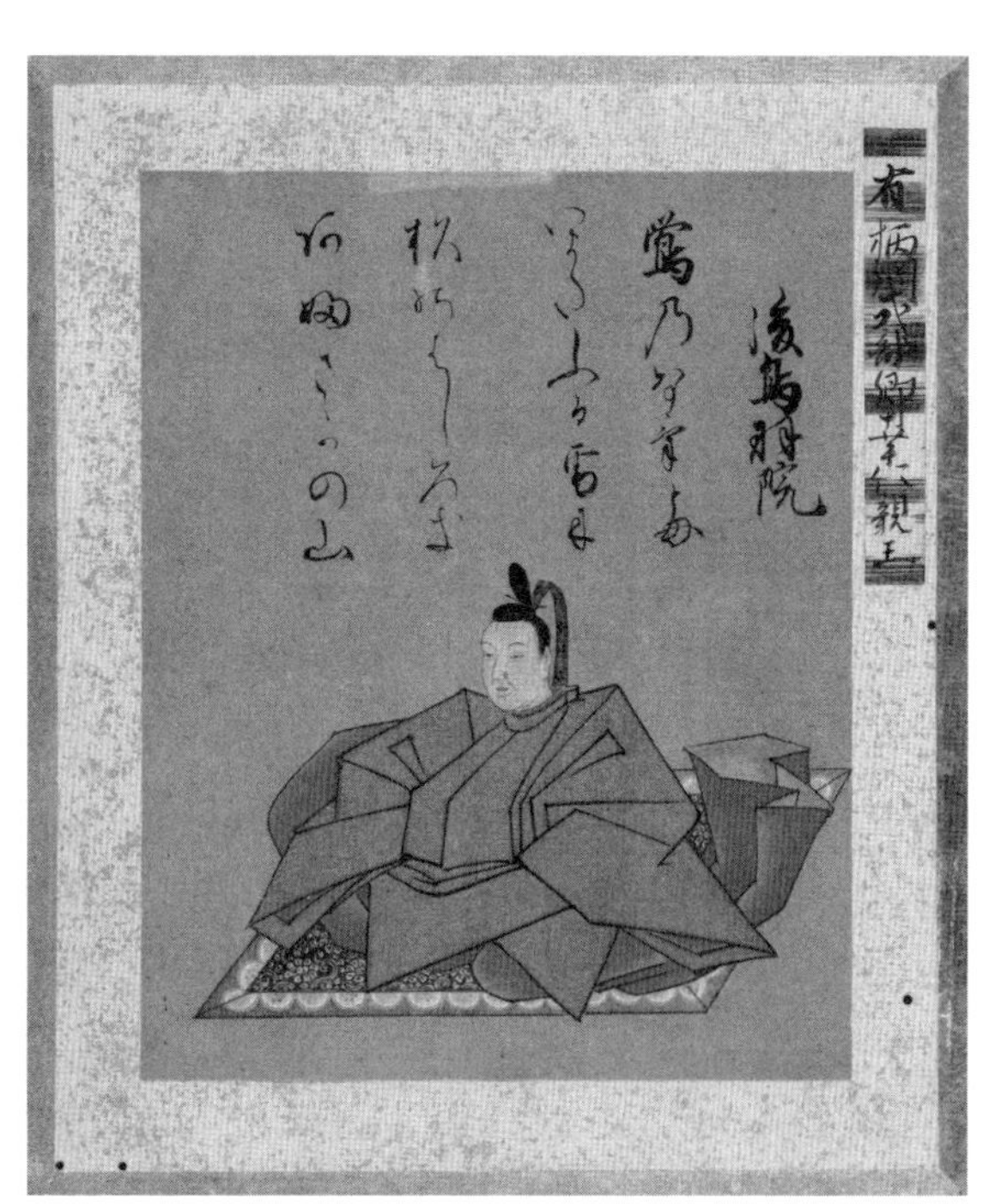

図８　『中古三十六人歌合』　後鳥羽院

荘を飾る色紙和歌を望み、身内の定家が応じたことに発する。これが時代の空気とデリケートに関わるとは、当時の都が鎌倉との間に緊張を強いられる状態に置かれていたからである。

京と鎌倉

承久三年（一二二一）、時の為政者、後鳥羽院▲（図８）は鎌倉幕府の北条義時▲追討の命令を発する。前々から天皇を中心とする政治の復活を望んでいた後鳥羽院には、幕府の存在は認め難く、次第に募ってきた憤懣が限界を超え、ついに勃発したのが、後に承久の乱と呼ばれるこの争乱である。

五月、召集に応じなかった京都守護を滅ぼし、幕府と親しい藤原公経▲父子を幽閉して始まった戦いは、幕府の兵力の圧倒的な優勢のもと、わずか一ヶ月程で、院方の敗北に終わることになる。後鳥羽院・順徳院▲のもとに集まった軍勢が二万数千であるのに対し、幕府方は十九万を超え、しかもそちらが統制の取れた集団であってみれば、勝敗は当然の結果であった。そのあっけない幕切れの後に待って

後鳥羽院　一一八〇―一二三九年。第八十二代天皇。源平争乱の終息後に即位し、建久九年（一一九八）に譲位して院政を開始した。文武の諸芸に秀で、特に和歌を愛好する。鎌倉幕府三代将軍源実朝との関係により公武の安定を図ったが、実現は困難となっていた。

いたのは、幕府による果断な戦後処理だった。

特に院とその周辺に対しては厳しい処分が下され、後鳥羽院は隠岐に、順徳院は佐渡に流され、ほかの後鳥羽院皇子たちも配流となる。

こうした前代未聞の処置に都人は驚かされ、鎌倉との関わりには緊張を強いられることとなったのである。

先の記事が書かれた文暦二年（一二三五）五月は、折しも都では朝廷から幕府へ出された両院の遠島からの還京の案が拒否されたという情報が届き、都人の間に動揺が拡がっている時期でもあった。

定家における後鳥羽院

後鳥羽院は、定家とともに和歌復興の気運を推し進め、和歌の黄金時代を築き上げた為政者である。父藤原俊成▲の薫陶を受け、新たな和歌を模索していた定家が時代の主役に躍り出るのは、彼の歌に魅了された後鳥羽院による登用がきっかけである。

自在な発想と優れた表現力により、魅力的で創造性豊かな和歌を詠み続ける天才定家は、歌壇に隆盛をもたらす原動力となり、ここに和歌史上空前の黄金期が到来する。新たな勅撰集『新古今和歌集』▲は、両者が出会ったことによる奇蹟の

北条義時　一一六三—一二二四年。鎌倉幕府第二代執権。源頼朝没後、勢力争いが続く幕府をまとめ、執権政治により安定化を図った。

藤原公経　一一七一—一二四四年。朝廷内で鎌倉幕府との連絡・調整を行う関東申次の役職につき、一二二一年の承久の乱後は、摂政太政大臣となって都で絶大な勢力を誇る。家名は西園寺。

順徳院　一一九七—一二四二年。第八十四代天皇。和歌に優れ、後鳥羽院歌壇に続く内裏歌壇を主宰した。父とともに倒幕を試みる。

藤原俊成　一一一四—一二〇四年。「しゅんぜい」とも。平安時代後期、停滞した和歌を再興させるために尽力して『千載和歌集』を編み、続く『新古今和歌集』の時代の隆盛を導いた。藤原定家の父。その歌風は後鳥羽院の心を捉え、西行とともに最も高く評価される。

賜物（たまもの）であった。

ところが、その編集作業は、通常の勅撰集のように撰者たちのみに任されるのではなく、後鳥羽院が関わって進められることとなった。候補作を集め、並べ方を決める各時点で点検が入り、さらには、院の主導で削除や追加の作業に長い時間がかけられた。こうした、通常の勅撰集には見られない下命者の編纂への関与が、撰者との間に摩擦を生み、とりわけ、後鳥羽院と定家との間に生じた行き違いは次第に強まってくる。和歌への対し方の違いや定家の言動をめぐる問題も生じて、ついには、乱の前年、定家は院から勘当▲を受ける事態に至る。そしてそのまま、後鳥羽院が配流されてしまうのである。

定家を厚遇し、恩恵を与える一方、種々の労苦も強いた後鳥羽院は、絶海の孤島、隠岐島の配所暮らしでも和歌にこだわりつづけた帝王であり、歌人としてのプライドに生きた定家には、終生複雑な対抗意識を抱かされる存在であった。

とりわけ隠岐配流後は、院に忠誠を尽くすライバル藤原家隆とは対照的に、直接の交流は一切途絶え、疎遠の度合いはますます強まっていた。わずかな情報でも過敏にならざるを得ない時期に、鎌倉関係者の山荘のために求められたのが、この作品の始まりだったのである。

『新古今和歌集』 八番目の勅撰集。下命者は後鳥羽院、撰者は源通具（みちとも）・藤原有家（ありいえ）・藤原定家・藤原家隆・藤原雅経。建仁元年（一二〇一）編集のための和歌所が設置され、編集は元久二年（一二〇五）の完成披露の宴を経ても長く続けられる。

定家の勘当 承久二年（一二二〇）二月、内裏での二首歌会に定家が詠んだ「道のべの野原の柳下もえぬあはれ嘆きの煙（けぶり）比べに」という一首が後鳥羽院の逆鱗（げきりん）に触れ、閉門を命じられた。

『百人秀歌』の存在

後鳥羽院と順徳院の歌は、『百人一首』の末尾を飾っている。

人もをし人も恨めしあぢきなく世を思ふゆゑにもの思ふ身は　（後鳥羽院）
百敷（ももしき）や古き軒端のしのぶにもなほあまりある昔なりけり　（順徳院）

承久の争乱とは関わりなく詠まれた歌なのに、配所に暮らす身の歌としてもすんなり読めてしまうこの二首は、冒頭の、

秋の田のかりほのいほの苫（とま）をあらみ我が衣手（ころもで）は露に濡れつつ　（天智天皇）
春過ぎて夏来にけらし白妙の衣ほすてふ天の香具山　（持統天皇）

という二首と応じ合い、『百人一首』の首尾は、親子の天皇歌という整った形を取る。

ところが、見たとおり、末尾の両院は幕府から見て罪人であり、その歌が幕府要人の山荘を飾る障子に選ばれるのは自然ではない。しかも、定家が『新勅撰和歌集』▲を撰ぶ過程で、後鳥羽・順徳両院の歌を削除するよう求められたらしい事

『新勅撰和歌集』　九番目の勅撰和歌集。下命者は後堀河天皇、撰者は藤原定家。貞永元年（一二三二）に下命を受け、関東への思惑や後堀河天皇の崩御などによる曲折を経て、文暦二年（一二三五）に完成する。

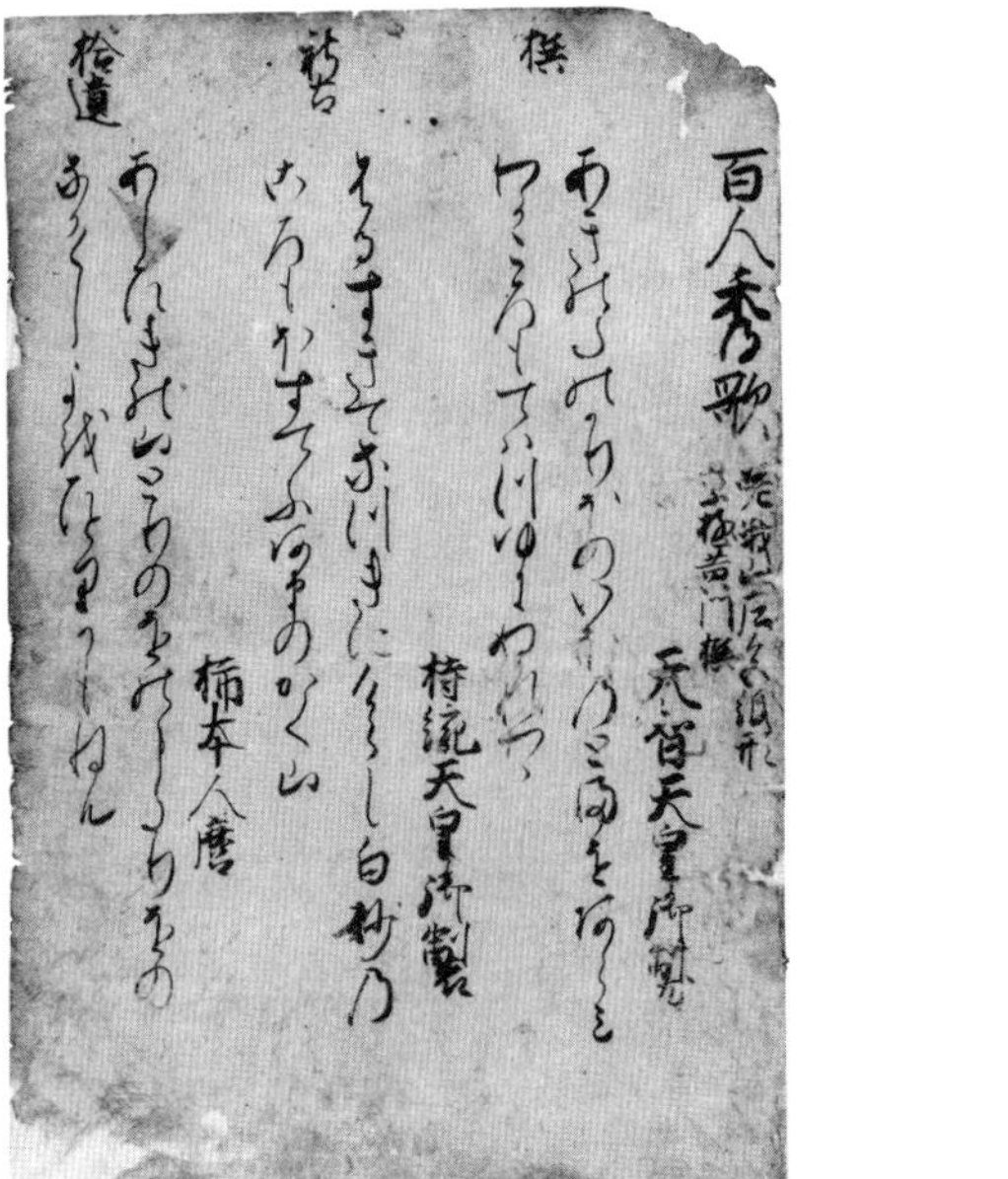

後鳥羽・順徳両院の歌の削除　当時の資料から、撰者定家は関東との関係を気遣う関白藤原道家の要請で、編纂中の集から約百首を除棄したことが知られ、そのなかに後鳥羽院や順徳院の歌があったと推測されている。

実▲も知られている。

これに連動するのが、先の『明月記』の記事に、山荘に送る歌各一首は「天智天皇より以来家隆・雅経に及ぶ」と記されていたことだ。末尾を表すと見られるのは、「家隆」・「雅経」であり、後鳥羽院・順徳院ではない。そして、それと深く関わっていたのが、『百人秀歌』（図9）という作品であった。

『百人秀歌』とは、昭和二十六年（一九五一）に有吉保氏（一九二七—）によって宮内庁書陵部の蔵書から見いだされ、紹介された作で、『百人一首』によく似て、少しだけ異なる内容の秀歌撰である。

図9　『百人秀歌』巻頭部分

その後、久曾神昇氏（一九〇九―二〇一二）蔵本、冷泉家時雨亭文庫蔵本が知られることになる本書は、『百人一首』と次の三点で異なっていた。

a　所収歌人・歌数

百人一首　天智天皇〜後鳥羽院・順徳院　一〇〇首

百人秀歌　天智天皇〜藤原定家・入道前太政大臣（藤原公経）　一〇一首

（後鳥羽院・順徳院の代わりに一条院皇后宮・源国信・藤原長方が入る）

b　配列

百人一首　年代順を基本とする

百人秀歌　隣り合う二首の関係（番い）を重視する

c　源俊頼の歌

百人一首　うかりける人を初瀬の山おろしよ激しかれとは祈らぬものを

百人秀歌　山桜咲きそめしより久方の雲居に見ゆる滝の白糸

これらのうち、何と言っても大きな違いは、aの所収歌人の顔ぶれである。『百人秀歌』が後鳥羽院と順徳両院を除き、別の歌人を収めるのは、鎌倉幕府を意識した結果であることは明らかである。代わりが三人で、結果として百一首と

図10　『中古三十六人歌合』　藤原家隆

『続後撰和歌集』　十番目の勅撰和歌集。下命者は後嵯峨院、撰者は藤原為家。建長三年（一二五一）に完成する。

なるのも興味深い問題となるが、何より両院の有無の問題は大きく、ここに、『百人一首』と『百人秀歌』の関係について、活発な議論が始まることとなった。

当初は、例えば藤原家隆（図10）の作者表記が『百人一首』は「従二位」で『百人秀歌』が「正三位」であること等から、『百人秀歌』先行説が広く行われ、後鳥羽・順徳両院歌の出典が没後の『続後撰和歌集』であることから、その集の撰者、藤原為家が差し替えたと見る説も出された。以後六十年を越える研究史は豊かで、原形の想定を含め、両書の関係はさまざまに検討が重ねられてきた。現在は『百人一首』先行説も増え、諸説併存の状態にある。状況を踏まえた推定に基づく成立論は、定家の晩年の和歌活動とそれに携わる思惑の想定と関わって多様に展開し、可能性としての解は出し尽くされた感さえある。

それに比べると、bの配列に関わる考察は、十分になされたとは言いがたく、検討の余地を少なからず残している。『百人一首』が時代順を基本とするのは事実として動かないが、『百人秀歌』の「隣り合う二首の関係（番い）を重視する」と見る説は、定まった見方となってはいない。関係の認定は読み方に基づく以上、客観的な証明は難しいからで、その解には幅がある。

　並ぶ二首が関係を持つとして、それがなぜ配列の基準になるのか。そもそもなぜ隣り合う二首が番いになる必要があるのか。その理由が見定められない限り、可能性の指摘にとどまりつづけるであろう。

さまざまな検討　例えば、緻密（ちみつ）な研究を進められた島津忠夫氏は、かつて『百人秀歌』先行説を唱えられ、後に『百人一首』先行説に転じられた。詳細は『新版 百人一首』（角川ソフィア文庫、一九九九年）の解説に説かれる。その他、諸氏による数多くの論考は折ごとにまとめられ、その代表的な成果に、大坪利絹・上條彰次・島津忠夫・吉海直人編『百人一首研究集成』（百人一首注釈書叢刊別巻一、和泉書院、二〇〇三年）がある。

二▼催しの先例

――『最勝四天王院障子和歌』との関わり

『百人一首』と『百人秀歌』の配列の差はなぜ生じているのか。『百人一首』論を先に進めるには、この問題に取り組むことが必須であり、『百人秀歌』の課題を解決することがその鍵となるはずである。そして、そこに深く関わってくるのが絵の問題である。

『百人秀歌』は、冒頭に、内題（書名）の「百人秀歌」に添えて「嵯峨山庄色紙形／京極黄門撰」と記されているとおり（16頁図9参照）、『明月記』が語る「嵯峨中院」の色紙形と関わる作と見られている。全く同一であるかどうかは証明できないものの、『百人秀歌』の配列は障子に飾ることと関わっていたと見てよい。ここに『百人秀歌』について、具体的な検討を始めるに際し、まず浮かび上がってくるのが、後鳥羽院が関わる催しである。

障子絵の作成

嵯峨中院のため和歌が障子▲に飾られる企画だったことにより、これまでも取り

障子　今日の明かり障子とは異なる襖（ふすま）障子。部屋を仕切るために用いる。

上げられてきたその障子歌の先例として、『最勝四天王院障子和歌』がある。

これは、建永二年（一二〇七）、後鳥羽院の御願寺として、京の三条白河に建立された最勝四天王院という建物の障子に、日本各地の名所四十六箇所の絵を描き、ふさわしい歌一首を添えて飾るという前例のない企画であった。

歌壇活動の隆盛化を期し、さまざまな試みを推し進めた後鳥羽院は、絵画と和歌を融合させる芸術にも意欲的に取り組み、定家をはじめとする九歌人に各名所の歌を詠ませ、自らも詠むと同時に、その完遂に向け、近臣を動員して作業を進めさせた。その中心にいたのが定家で、院の期待に応えるべく精力的に働いたことが『明月記』に書き留められている。

進行の詳細を語る記事のうち、これまで『百人一首』研究の側から注目されたものに、次のとおり、障子に描く名所の数がある。

> また各々障子一間に名所二つ〔各一枚、一所なり〕を書くべしと。予云ふ、一枚の面、狭少にて、その景気書き得べからず。只一間を以て一所を書くべきかと。
> （建永二年（一二〇七）四月二十一日。〔　〕内は割書。以下同）

この記事では、障子に描く名所の数が議論され、障子一枚に名所二箇所が有力であったが、定家は実態に即し、一箇所を主張する。石田吉貞氏（一八九〇―一九八七）は、この記事をもとにこの時は定家の言い分が通ったものの、『明月記』寛喜元年（一二二九）七月二十九日の記事や後代の事例を踏まえて、障子一枚に歌の色紙二枚、絵二枚が一般であることから、嵯峨の中院山荘の障子を、五十枚と想定された。それが「かなり多過ぎるやうに思はれないでもない」ものの、「山荘とはいつても、関東第一の富強を以て鳴る宇都宮氏の当主の京都における本居であるから、それほどの数は何でもないとも考へられる」として、次のように想定された。

思ふに豪荘を好む関東武士が、豪富に物を言はせた新築の山荘であるから、大広間に五十枚の障子を立て、親族の大歌人定家から、古来の百歌人の歌を書いて貰つて（絵は恐らく為家の従兄弟信実あたりに依頼したのであらう）豪華を誇らうとするのが、最初からの設計であり、この月一日に定家を招請したのも、その広間を見て貰つて、この色紙歌を依頼する為でもあつたであらう。

（『藤原定家の研究　改訂版』、文雅堂銀行研究社、一九六九年）

こうした大広間や障子の数の多さについては、疑問視する意見が出され、例え

ば増田繁夫氏は、

> 仮にその大広間の三面を襖障子で囲んだとして、当時の柱間一間に立てる襖障子は二枚であるから、十間に奥行き三間という大広間が必要になる。当時こんな大広間は山荘では勿論、都の大邸宅でも考えにくい。

と疑義を呈され、障子は屏風であった可能性を指摘された。時代性を踏まえれば、それは四尺屏風が相応しく、しかし六曲一双だとすると六の倍数と百の数が合わないことから、一回的ではなく、その後の増補を思わせる本書の成立と関わっていた、との推測をなされた（「百人一首批判」『国文学 解釈と教材の研究』三七巻一号、一九九二年）。また、徳原茂実氏は、

> 百枚の和歌色紙が大広間をとりかこむ障子にずらりと貼付されるといったイメージが、漠然と抱かれていたものかと思われるが、そのような、現代における書道展会場のような広間のイメージがいかに奇態なものであるかが指摘されることはまれである。

と評された上で、平安時代の屛風や障子に描かれるのが「四季折々の風物や行事、名所などをモチーフとする大和絵」が一般であることから、「嵯峨中院山荘の障子には四季大和絵が描かれており、その所々に配された色紙形に貼付すべき色紙の和歌の染筆を定家は依頼されたとするのが、最も妥当性の高い推測」とされた。そこで、「山荘の一室の障子絵の歌としては、六曲四帖の大和絵屛風と同程度の、十数首、あるいは二十数首といった歌数ではなかったか」という推定を下されたのである（『百人一首の研究』、和泉書院、二〇一五年、初出一九九五年）。

なお、石田説に対しては、二首の番いが歌仙歌合形式を踏まえたものであり、建物の障子に由来するとは認め難いとする樋口芳麻呂氏（一九二二―二〇一一）の指摘もなされていた（「百人一首」『平安・鎌倉時代秀歌撰の研究』、ひたく書房、一九八三年、初出一九七一年）。

定家の尽力

ここで問題となるのは、中院山荘の構造である。もちろん障子が立てられた建物の造りを具体的に推測することは不可能だが、『明月記』の『最勝四天王院障子和歌』関連の記事の中に、参考になる記述がある。右に見た障子の枚数を議論する箇所に先立つ部分である。

〔御堂の〕巽の方の南面の晴〔時々御簾を上ぐべき所也〕の三間の障子に〔東西行三、南北行一〕大和国の名所を以て書かしむ〔春日野・吉野山・三輪山・龍田河〕。その西の南面に摂津国の名所を書かしむ〔難波以下〕。東の方の端の方の閑所〔其所は弘く間数あり〕に陸奥〔この国、殊に幽玄の名所多く弃て難し。仍て御所遠き方に之を書く。乱を以て和を干すべからざるの故也。之を以て隠の方に用ゆ〕を書かしむ。常御所に山城国を書き、御寝所の御傍に鳥羽・伏見を書く。西の御障子の内〔帳代内〕、水成瀬・片野を書き、其の前に播磨国を書く。御棚の辺り〔台盤所の隔て〕、シカマノ市なり。此の議を加へ訖んぬ。聞く人々又難を加へず。

〔建永二年(一二〇七)四月二十一日。傍線は引用者による。以下同〕

この記事は、二重傍線を付したように、中心的な建造物である「御堂」の説明に始まり、東の方向の端の方の「閑所」、「常御所」、「御寝所」の構造を解説するものであり、それらは異なる位置に配されていた(図11)。

この記事を和歌の本文テキストの歌枕配置と併せて読み解くと、建物の歌枕は、地理上の位置も考慮されていたことがわかる(図12)。

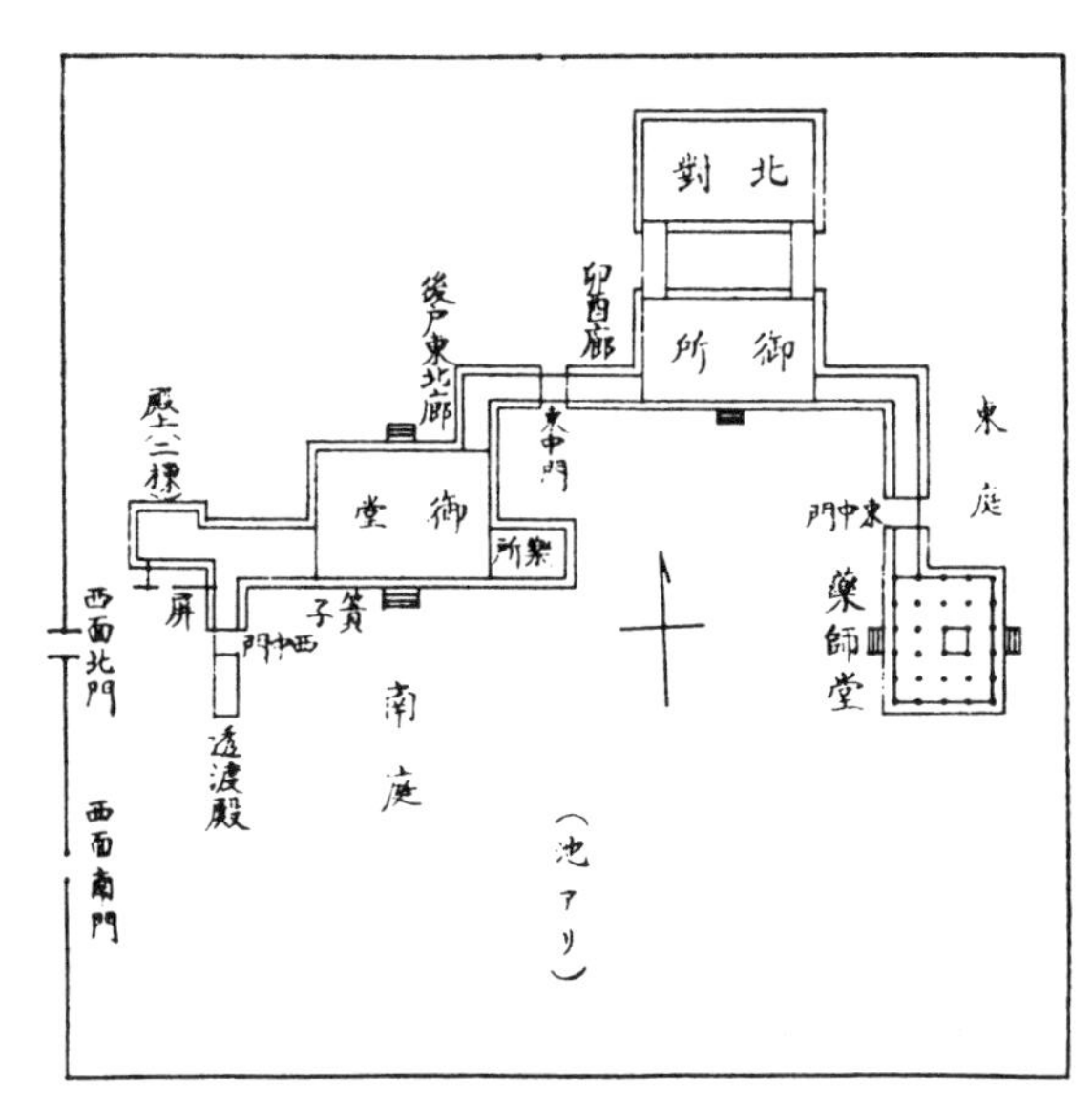

図11　福山敏男「最勝四天王院堂舎推定配置図」　右上の「御所」が「常御所」、「御堂」の東の小さな「楽所」が「閑所」である。「楽所」は国書刊行会本『明月記』の本文に基づく。

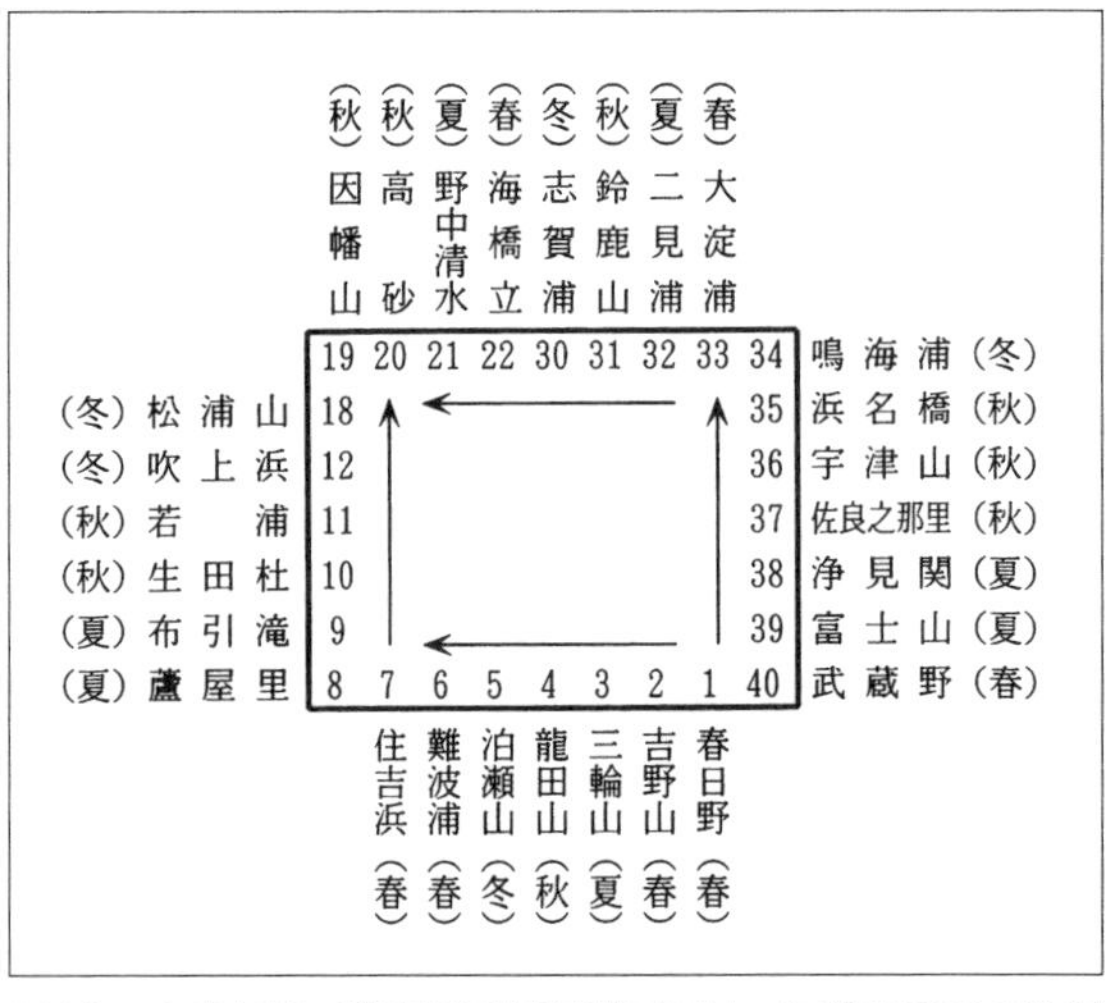

図12　寺島恒世「御堂歌枕配置推定図」　矢印は四季の進行順、数字は和歌本文の配列順を示す。ここに欠く13～17が「御寝所」、23～29が「常御所」、41～46が「閑所」に配された歌枕と推定される。

まず、「御堂」の歌枕は、南東隅の「春日野」から西へ下り、南回りで九州の果て（松浦山）まで、春・夏・秋・冬の季の順に並べられる。その北西の隅に向かって、東南の隅から、北回りで「武蔵野」から東海道を上り、伊勢・近江国を経て、山陰を通り、九州に至るまで、歌枕はやはり四季順に並べられるのである（図12）。

図示は略すが、「閑所」には陸奥の歌枕が、これも四季順に配置される。「常御所」は、中に「御寝所」を置き、「常御所」の山城の歌枕（「宇治河」等七箇所）がやはり四季順であるのに対し、中の「御寝所」は秋で統一される（「水無瀬川」等四箇所）。その統一は、王者の休息の場を稔り（みの）の季としたためであり、四季の廻（めぐ）りを基本に諸国の歌枕が整然と配されるのである。

久保田淳氏が「治天の主（あるじ）後鳥羽院が統治する日本国全体の縮図」とされ（『藤原定家』、ちくま学芸文庫、一九九四年、初出一九八四年）、吉野朋美氏が「王朝文化の縮図」とされた（『後鳥羽院とその時代』、笠間書院、二〇一五年）空間の創造は、渡邉裕美子氏によれば、「院が中核にいて、時空を統率する〈幻想の王国〉」の造営であった（『歌が権力の象徴になるとき――屛風歌・障子歌の世界』、角川学芸出版、二〇一一年）。四つの空間からなる建物を経巡（へめぐ）ることで国土を掌握できる構造であり、描かれた歌枕の絵と相応しい歌の配置がそれを実現していたのである。

以上やや詳細に辿ったのは、その絵と歌の配置に尽力したのが定家だったからだ。『明月記』に詳細な記事が残るのは、定家が推進役を担ったからであり、四百六十首に及ぶ和歌本文からうかがわれる配列の創意とともに、右のような『明月記』の記録は、注がれたエネルギーの厖大（ぼうだい）さを語っている。したがって、計画と異なる指示が後鳥羽院から出されつづけた徒労感と不満はひととおりではなく、

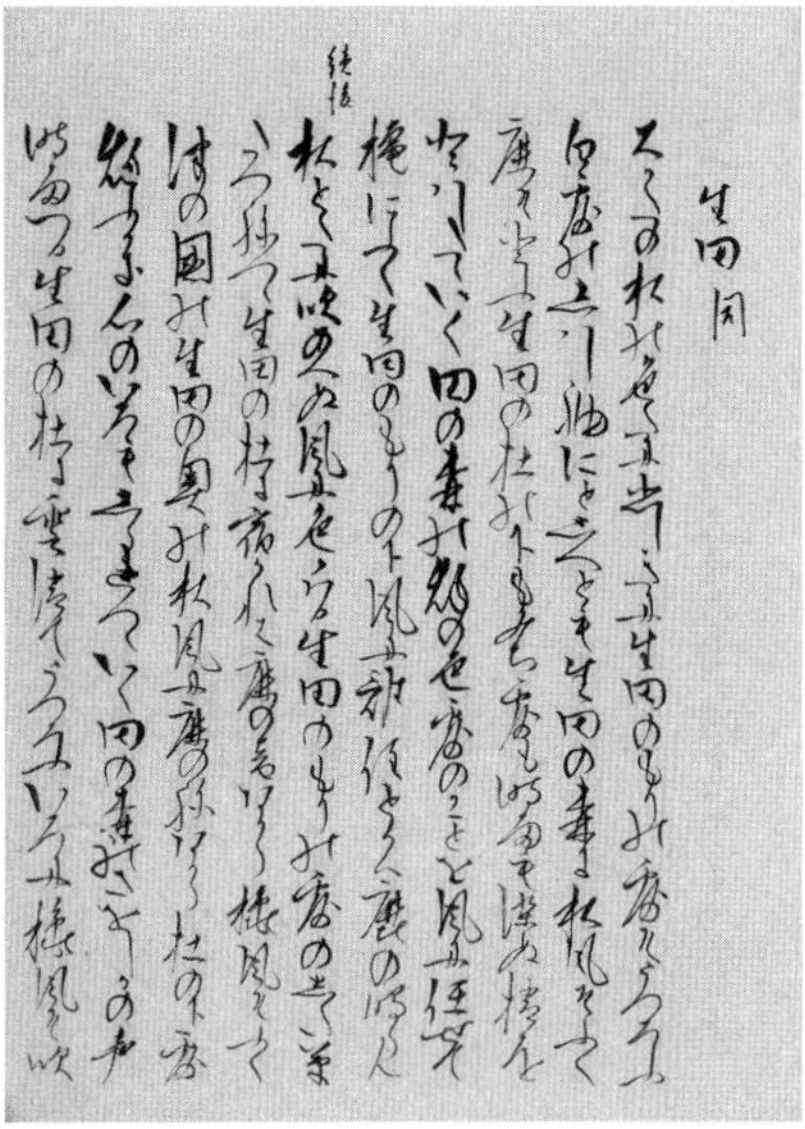

想定を超えた変更には、

> 秀能語りて曰く、御障子歌皆替へられ了んぬ。兼日の沙汰性躰無し。掌を反すが如し。万事此の如し。
> （『明月記』建永二年（一二〇七）十月二十四日）

と、憤りも並ならぬものとなる。

なお、この催しが後鳥羽院と定家の関係を悪化させた強い要因となったことはよく知られている。後鳥羽院は、歌論書『後鳥羽院御口伝』で、自分が各歌枕につき最優秀作一首を選び出す際、「生田杜」（図13）には、定家の自信作「秋とだに吹きあへぬ風に色かはる生田のもりの露のした草」ではなく慈円の歌（白露のしばし袖にと思へども生田の森に秋風ぞふく）に決めてしまったことにつき、定家から強い誹謗を受けたことをリアルに綴っていた。

任せるとの仰せを受けながら、次々と届く後鳥羽院の下命に辟易しながらも、よりよいものを求める意思は院と等しく、障子絵と歌による理想空間の実現に向け、精根を使い果たしたのが、コーディネーター定家であった。

図13　『最勝四天王院障子和歌』　生田杜
6首目が定家の歌。慈円の歌は2首目。

中院山荘の間数

こうした建物の障子を飾る絵と歌の実態を踏まえ、周辺資料を読み直すことから、当該の問題を考える手がかりを探ってみよう。

定家の日記『明月記』には、嵯峨中院の情報は、先に見た記事のほか、次の二つが知られてきた。

一つは、色紙形の依頼を受ける五月下旬の約一月前に訪問した記事である。

申の時許りに密々に輿に乗りて中院に行く。中島の藤花を見る。夜雨沃ぐがごとし。

（文暦二年（一二三五）四月二十三日）

申の時、午後四時頃に定家は輿に乗り、中院を訪れ、中島に植えられた藤の花を見たという。「密々」が、時代の空気を読んでいることを示すが、この記事で注意したいのは、傍線を付した「中島」である。山荘は庭園を有しており、それも池が掘られ、中島を浮かべる規模の大きなものであった。石田吉貞氏が評されたとおり、「豪荘を好む関東武士」の「豪富に物を言はせた新築の山荘」は、然るべき庭園を有する大きな邸宅であった。現代語の「山荘」の印象とは程遠い大建造物であったのである。

二つ目は、その八日後、中院から招かれて訪れた記事である。

> 午の終り中院より頻りに招請あり。壁の耳を怖ると雖も、逃れ難きにより輿に乗る。北の土門より入り、出で逢ふ。入道三人子弟を引率す。入道二人を引率し、好士を留むと云々。東の庇に列座す。余、金吾［藤原為家］、左京［藤原信実］、彼入道、南面に在り。中務東面に加はる。連歌を始む。過半之間窮屈、障子の西に入る。臥しながら之を聞く。
>
> （文暦二年（一二三五）五月一日。［ ］内の注記は引用者による）

中院から頻りに呼ばれ、それを断り切れずに定家は出かける。壁の耳を怖れるのは、鎌倉幕府の遠島両院還京案への厳しい措置を知った状況での心の動きだが、記事は入道に出迎えられ、室内に入って連歌の座に加わったとつづく。ここで注意したいのは、連歌の最中に身体がつらくなり、傍線部のように、「障子の西」に入って、臥しながら連歌の進行を聞いたという部分である。大きな邸宅であった中院は、「障子」で仕切られた複数の間で構成されていた。庭園付きの大住宅として当然ながら、空間は一間ではなく、複数の間数からなっていたのである。

して貴重である。

些細な記述ながら、これらの情報は、企画の前提を捉え直すための確かな論拠と

先述のとおり、中院の障子が立てられた空間を「大広間」とする石田吉貞氏説に対しては、その広さや障子の配置の不自然さをもとに疑義が出され、「一間」に相応しい推測として、障子ではなく屏風（増田繁夫氏）であること、また「十数首、あるいは二十数首」（徳原茂実氏）の歌数の規模が想定されていた。しかし、複数の間が存在していた以上、歌仙絵が配置される空間を「一間」に限定する必要はない。最勝四天王院の障子が四つの空間に配されていたことを踏まえても、色紙を飾る中院の障子は、複数の間に設えられていたと見るべきであろう。もとより大広間ではなかったはずである。

なお、連歌のメンバーに「左京」がいたことも重要である。左京とは注のとおり藤原信実で、彼は歌人としてのみならず似絵の名手としてよく知られていた。これまでも指摘されてきた障子絵の描き手の立場として参加した可能性には、改めて注意する必要がある。隠岐配流直前の後鳥羽院像を描いた信実は、後述するとおり、絵の問題と深く関わる人物であった。

三▼作品の先例——『時代不同歌合』との関わり

後鳥羽院が関わる先例として、次に検討したいのは、『時代不同歌合』である。この作と『百人一首』との関わりは早く樋口芳麻呂氏が注目され、次のように指摘されていた。

定家が一〇〇人の歌仙を単位として各一首の秀歌を選出しようとしたのは、成立が『百人一首』に先行すると考えられる『時代不同歌合』に影響されてのことであろう。すなわち同じように百人の歌人を対象として秀歌を選出し、後鳥羽院と歌に対する好尚を競いたいという意識が『百人秀歌』『百人一首』を定家に撰せしめているのであろう。（前出「百人一首」）

先例のない百歌人構成の秀歌撰としての一致は偶然とは考えがたく、しかも歌人の三分の二は同一であること等、詳細に説き及んで両者の間の関連を認定されるこの樋口芳麻呂氏説は、多くの支持を集めてきた。ただし、関わりの度合い、また対抗意識の存否やその中身の理解は多様である上、関係の必然に及ぶ考察はほとんどなされてはいない。関わりの実態をどう捉えることができるか、探ってみよう。

『時代不同歌合』とは、後鳥羽院が隠岐に流されてから作成した秀歌撰である。書名のとおり、時代を同じくしない歌人同士を番(つが)えるという形を取り、左方の歌人は、柿本人麿から和泉式部まで、『古今和歌集』『後撰和歌集』『拾遺和歌集』の三代集所収歌人の五十人、右方の歌人は、源経信から宮内卿まで、『後拾遺和歌集』▲から『新古今和歌集』に至る勅撰集に収められた五十人である。出典に即して、左方は平安時代最盛期までの古い時代、右方は院政期以降の新しい時代の歌ということになる。採用された歌は、一人につき各三首である。

後鳥羽院が配所隠岐で営む活発な和歌活動の中で、同じ歌合形式で定家と家隆の各五十首ずつを番えた『定家家隆両卿撰歌合(ていかかりゅうりょうきょうせんかあわせ)』▲とともに、精力を込めて編まれた秀歌撰であった。

番いの新しさ

新旧の両グループから一人ずつが選び出され、番いを構成していく五十組は、左方がほぼ時代順であるのに対し、右方には基準がなく、全く自在である。時代

『後拾遺和歌集』　四番目の勅撰和歌集。下命者は白河院、撰者は藤原通俊(みちとし)。応徳三年（一〇八六）に完成する。

『定家家隆両卿撰歌合』　藤原家隆の秀歌五十首の中に嘉禎二年（一二三六）の歌を収めるので、成立はそれ以降の後鳥羽院晩年である。

の違う歌人を組む例は、『前（さきの）十五番歌合』に始まり、柿本人麿と紀貫之の対比の問題と絡んで生まれる『三十人撰』・『三十六人撰』等に見られるものの、歌人すべての左右の帰属を出典により新旧に分け、組み合わせるこの形式には先例がない。

なぜこの方式が採られたのか。理由を後鳥羽院の配所隠岐に暮らす現況に即して推測すれば、実現不可能な歌合を机上で催すことにあり、時間の隔たりを超えた歌人たちによる競演を試みようとした狙いが導かれる。これは都在住の廷臣の歌を集め、自詠を含めて番えた『遠島（えんとう）御歌合』が、空間の隔たりを超えるための試みだったことと照応する、私的な動機に発するものながら、この方式を採る主要な狙いは、柿本人麿以降発展してきた宮廷和歌史を、〈新〉と〈古〉とを対比させて確認し、顕彰しようとする、いわば公的な意思に由来していた。隠岐本『新古今和歌集』の精撰に励んでいた後鳥羽院らしい歌仙歌合であった。

冒頭の一組目を見てみよう。最初の組み合わせは、歌聖、人麿に対する和歌中興の祖、源経信である。

一番　左　柿本人麿

1　竜田川もみぢ葉流る神なびの三室の山にしぐれ降るらし

『前十五番歌合』　藤原公任が作成した歌合形式の秀歌撰。紀貫之・凡河内躬恒（おうしこうちのみつね）の番いに始まり、柿本人麿・山部赤人の番いに至る十五組、三十人の歌人各一首からなる。

『三十人撰』　撰者は藤原公任・具平親王の両説がある。『前十五番歌合』の歌人を差し替え、和歌を増やしたもので、番いをなす和歌を上下二段に記す珍しい書式を有する。これが展開し『三十六人撰』が誕生する。

『遠島御歌合』　隠岐に暮らす後鳥羽院が、藤原家隆以下の都人十五人から各十首を召し、自詠を含めた百六十首を番えた机上の歌合。院自身が判定し、判詞を書く。嘉禎二年（一二三六）の成立。

隠岐本『新古今和歌集』　後鳥羽院は隠岐で『新古今和歌集』の精撰を試み、千六百首の規模の集とするために、四百首近くの削除を検討しつづけた。

右　　　　　　　　　　　　　大納言経信

2　夕されば門田の稲葉おとづれて葦のまろ屋に秋風ぞ吹く

二番　左

3　あしひきの山鳥の尾のしだり尾の長々し夜を独りかも寝む

右

4　君が代は尽きじとぞ思ふ神風や御裳濯川(みもすそ)の澄まむ限りは

三番　左

5　をとめ子が袖振る山のみづがきの久しき代より思ひ初めてき

右

6　沖つ風吹きにけらしな住吉の松のしづえを洗ふ白波

一番の両首はともに自然を詠む歌で、人麿・経信両歌人らしい、格調の高い秀歌として番えられる。左の1歌が「奈良の帝▲」の行幸の折での詠（『拾遺和歌集』）であり、右の2歌も人々が都の外へ出かけた際の詠（『金葉和歌集』）で、生み出されたのは、ともに都を離れた場所での歌の催しにおいてであった。二・三番も、右の経信歌は、4歌が内裏歌合の歌（『後拾遺和歌集』）であり、6歌が後三条院の住吉御幸の折の歌（同）である。人麿歌の詠出状況はわからないが、3・5歌

「奈良の帝」　「奈良の帝」は文武天皇。ただし、『拾遺和歌集』では平城天皇と解されたか。

はいずれも後代しばしば本歌とされて多くの本歌取り歌を生み出す、題詠歌が仰いだ対象であった。その3・5歌に4・6歌を番えることは、それら人麿歌が湛える宮廷歌らしさをより明らかに示す働きをする。と同時に、二番両首は「長々し」、「君が代は尽きじ」と長い時間を詠むことを共通軸とし、三番両首も布留(石上神宮)、住吉の両神にまつわらせて悠久性を詠むことで通い合う。これらはいずれも次代を切り拓いた両歌仙の公的な秀詠として選ばれ、番えられたと見てよい。

番いで読む味わい

しかしながら、編者後鳥羽院の思惑とは関わりなく、読者が興味と関心を寄せ、受け止める本作の新しさは、誰と誰が組まれ、どの歌が選ばれ、どう番えられたか、に絞られていたはずである。

定家とともに『新古今和歌集』の撰者を務め、隠岐の後鳥羽院に対しては定家と対照的な主従関係を築きつづけた藤原家隆の番いを読んでみる。相手は小野小町である。

十九番　左　　小野小町

37　花の色は移りにけりないたづらに我が身世にふるながめせし間に

右　正三位家隆

38　下紅葉かつ散る山の夕しぐれ濡れてや鹿の独り鳴くらむ

二十番　左

39　色見えでうつろふものは世の中の人の心の花にぞありける

右

40　松の戸を押し明け方の山風に雲もかからぬ月を見るかな

二十一番　左

41　海人の住む浦漕ぐ舟のかぢをなみ世をうみ渡る我ぞ悲しき

右

42　富士の嶺の煙もなほぞ立ちのぼる上なきものは思ひなりけり

十九番は、左が『百人一首』にも入る秀歌、右が後鳥羽院の命で『新古今和歌集』秋下巻頭に置かれた歌で、両人の代表歌である。比べ読めば、左の「花」に対する右の「紅葉」、同じく「長雨」に対する「夕時雨」と素材が照応し、しかも花・紅葉は雨に損なわれる状態として等しい。鹿の鳴き声が人の世の不如意による嘆きと呼応しやすいことを踏まえれば、二首は物思いを軸に併せ読まれて、味わいが深まることとなる。

次の二十番は左が恋の歌、右が秋の歌の組み合わせで、前番同様、「花」「月」の素材の照応が見いだされ、その上に、左歌から人の心のはかなさをかこつ〈迷い〉、右歌から曇らぬ月に託される〈悟り〉への思いという対照的な心情が読まれる。二首を関わらせて読めば、迷と悟の間に揺れる状態、あるいは迷から悟への展開等、自在に鑑賞されることになる。

最後の二十一番では、左の海辺の景に対して、右の山の景が扱われる対照性の上に、ともに当て処(あど)のない茫漠(ぼうばく)たる心情が読まれ、憂(う)き世に住む人間の内面がやはり多様に味わわれるであろう。

番いからは、並ぶことで、互いに相手の歌を呼び込み、自らの歌に新たな意味を付加するような、あるいは二首でより広い世界を作り上げるような働きが認められる。歌合が本来有する競い合う関係を超え、二首は併せ読まれることで、相互補完的に働き、味わいが深められていく。こうした関わり方への注目が、本歌合を作成する本源的な動機であったに違いない。

定家の受容　その一

先行論で指摘されてきたとおり、定家がこの歌合を知っていた可能性は高く、障子に飾る百首単位の秀歌群を選ぶ際に、百歌人からなる本作が確かに念頭に置かれていたであろう。ただし、『時代不同歌合』の創意が、新旧歌人の組み合わせと選定歌の番え方にあることからすれば、影響は「百」の数のみならず、その二歌の相関に、より強く受けた可能性が高いと見られる。

こうした先例のない組み合わせに本作の狙いがあったことは、長い間後鳥羽院の歌業に付き合ってきた定家の眼に速やかに認められたはずで、その番いが生む創造の面白さはよく理解されていたに違いない。

しかし、その価値は十分認められながら、読み進めるに従い、定家の心中には違和感が兆し、それが対抗意識をかきたてたのではないだろうか。違和感が生じるのは、歌人の組み合わせに対してである。左歌人が時代順を原則として整然と並ぶのに対し、右歌人の配列には全く基準がない。

松村雄二氏は、本作を『百人秀歌』から『百人一首』への改訂の際に影響を与えたと見る立場から、この組み合わせの「遊戯的なあり方や時代を無視した配列を不自然なものと考えた」定家の思惑を想定されている（『百人一首――定家とカルタの文学史』、平凡社、一九九五年）。思惑が生じた段階はともかく、先例のない形式に対し、定家が承服しがたい思いを抱いたのは確かで、在京時代と変わらない帝王の気まぐれが読まれた可能性もあり、そこに反感が加われば、対抗意識は弱いものではなかったであろう。

ただし、歌仙歌合形式を取る『百人秀歌』に即して留意したいのは、否定的な反応のみであるならば、そもそも形式を踏襲することはあり得ず、定家の受容は、番えることによる創造性への評価を前提としていたと見られることだ。同じ形式による対抗こそが『百人秀歌』作成の動機だったはずである。


後代の伝承に、次のような話がある。

> 或人云、時代不同歌合に、定家卿、元良親王に合はされける時、元良親王と云ふ歌読のおはしける事始めてしりたると利口申されけり。家隆は小野小町につがふ。誠に定家、相手に請けられざるもことわり也。但、後鳥羽院常々仰せて候、元良親王殊勝歌読也と仰有ければ、御意にはわろき相手共おぼしめされざりけるにこそ。
>
> （『井蛙抄』）

定家が、自分と組まれた相手の意外性を皮肉に批判したこの逸話は、『時代不同歌合』に対する批評として一定の説得力を有している。歌人評価は人によって異なり、基準のない組み合わせは読者を納得させにくいからである。

後鳥羽院が、こうした机上の歌合を仮構したのは、時代を越えた歌人たちとの競演を果たすことで配所暮らしの無聊（ぶりょう）を慰め、時代を導いた自己の営みを確認しようとする切実な思いに発していた。しかし、他者にそうした狙いがそのまま理解されることは困難である。仮に定家の慧眼（けいがん）が、後鳥羽院の思惑を読み解いたとしても、番える基準に理由の見いだせないことが問題視されたのであろう。

企画への共鳴とその実践に対する反発という、複雑な受け止め方をせざるを得ず、それが定家に、百人という全く同じ規模の歌人による、望ましい組み合わせの秀歌撰を企図させたのではなかったであろうか。先例として『時代不同歌合』が与えた影響力は、何より番いの構造に発していたように思われる。

百という数の一致、三分の二に及ぶ歌人の一致の前提に、本作固有の番え方から定家の対抗心が引き起こされたのであろう。しかも、それは絵と連動していたのである。

絵との相関

『時代不同歌合』には、各歌人の姿を描く絵を備えた絵巻も多く伝わっている。左方と右方に分かれた歌人たちがそれぞれに向き合い、さまざまな姿で描かれる。

次頁の絵（図14）の左方は、小野篁（たかむら）▲で、首を深く傾け、手にするものを握りしめ、目は閉じたままである。歌仙絵作品の中でも類例に乏しいこの特異なポー

小野篁　八〇二―八五二年。漢詩文の才に恵まれ、遣唐副使に任命されるが、その派遣をめぐり大使と争う問題を起こして、隠岐へ流される。

図14　「時代不同歌合絵」　小野篁と西行　本絵巻は再撰本諸本のうち一歌人一首本の系統に属する。

ズからは、物思いに耽（ふけ）り、嘆きに沈んでいる様子が伝わってくる。これは、選ばれた篁の歌が、

わたの原八十島（やそしま）かけて漕ぎ出でぬと人には告げよ海人（あま）の釣舟

思ひきや鄙（ひな）の別れに衰へて海人の縄たき漁（いさ）りせむとは

数ならばかからましやは世の中にいと悲しきはしづのをだまき

という三首であることに関わっていた。隠岐に配流されたことで有名な篁の歌は、第一・二首目がその配流体験に基づき、成立不明の三首目も不遇な身を訴える歌である。三首はこの順に流罪から配所暮らしに至る様を表しており、それに基づいて絵は、苦悩する日々の一齣（こま）が描かれたのに違いない。

その篁に番えられた西行▲は、数珠（じゅず）を握り、ゆったりと相手に語りかける姿勢を取り、苦しむ篁を仏者西行が慰める構図となっている。これは見る人の心に強い印象を残す対面の絵

画であろう。

ちなみに、この西行との番いは再撰本で実現したもので、初撰本では相手は源国信であった。この改訂の理由を確認しておこう。

初撰本の冒頭部分は、

	左方	右方
1	柿本人麿	大納言経信
2	山辺赤人	法性寺入道前関白太政大臣
3	中納言家持	藤原清輔朝臣
4	小野篁	中納言国信
5	中納言行平	皇太后宮大夫俊成
6	僧正遍昭	前大僧正慈円
7	小野小町	正三位家隆
8	在原業平朝臣	西行法師
9	藤原敏行朝臣	丹　後
10	伊　勢	後京極摂政太政大臣
11	元良親王	権中納言定家

西行　一一一八—九〇年。鳥羽院下北面の武士であったが、二十三歳で出家、花月を愛で、諸国を旅する生活で多くの歌を詠む。望んでいたとおり、二月半ばの花盛りに亡くなる直後から、当代に憧れが広まり、『新古今和歌集』では入集歌数第一位となる。

再撰本　『時代不同歌合』の伝本は大別して初撰本と再撰本に分けられる。再撰本は、嘉禎二年（一二三六）以降、院自身が改訂したもので、自詠の一部を差し替え、四組の歌人の番いを変更した。

という番いであるのに対し、再撰本は、傍線を付した3・4・8・10組目に集中して、次のとおり、差し替えがなされている。

3　中納言家持　　中納言国信
4　小野篁　　西行法師
8　在原業平朝臣　　後京極摂政太政大臣
10　伊　勢　　藤原清輔朝臣

この変更は、四組の右歌人を円環的に順送りする機械的なもので、いささか不自然である。

こうした狭い範囲に限定して人を動かすのは、小野篁の番いを変更することに主要な動機があったことを思わせ、しかもそれは編者の私的な思惑と関わっていたことをうかがわせる。すなわち、右に見るとおり、篁の位置は前から四組目に置かれ、それは本作の末尾から四組目にある後鳥羽院自身の位置と呼応していた。

47　中務卿具平親王　　愚　詠（後鳥羽院）

図15　「時代不同歌合絵」　和泉式部と宮内卿

48　馬内侍　　権中納言師時
49　赤染衛門　　殷富門院大輔
50　和泉式部　　宮内卿

冒頭と末尾の三組の左歌人は、万葉歌人（人麿・赤人・家持）と王朝女流（馬内侍・赤染衛門・和泉式部）で統一されており、首尾の呼応は明らかである。

ちなみに、巻軸は左方の和泉式部に対し、右方は後鳥羽院鍾愛の新進女流歌人宮内卿が番えられる（図15）。

院が自分を小野篁と関係づけるのは、彼が隠岐配流の憂き目を見た先人だからであり、初撰本において、後鳥羽院は和歌史の隆盛を顕彰するための歌仙歌合を撰定する際、自身の配流体験を寓することをも試みたのである。それは、次のとおり、小野篁の歌がすべて源国信の歌とよく応じ合っていることにも現れていた。

十番

わたの原八十島（やそしま）かけて漕ぎ出でぬと人には告げよ海人（あま）の釣舟　（左・小野篁）
春日野の下もえわたる草の上につれなくみゆる春の淡雪　（右・中納言国信）

十一番

思ひきや鄙（ひな）の別れに衰へて海人の縄たき漁（いさ）りせむとは　（左・篁）
何事を待つともなしに明け暮れて今年も今日になりにけるかな　（右・国信）

十二番

数ならばかからましやは世の中にいと悲しきはしづのをだまき　（左・篁）
山路にてそほちにけりな白露の暁起きの木々の滴に　（右・国信）

右方の国信歌は、十番歌では、春日野の早春の景を詠みながら、主体の燃える内面が周囲には理解されず、むしろ冷淡な反応を受けていることが暗示され、十一番歌では、期待も空しく充実しない日々を送る状況が語られ、十二番歌では、都を遠く離れた地で困難な生活に涙する主体の立場が暗示される。これは、それぞれ左の篁歌と応じ合い、六首一連で隠岐配流を思わせる作意があったことを思わせる。その文脈からすると、最後の歌の第四句、「起き」の掛詞（かけことば）には、「置き」のみならず「隠岐」まで読まれてくる。ともあれ、他の番いには見いだしにくい左右の相関が認められ、それが暗示の強さを示すのである。

配所暮らしの長さに伴う院の心境の変化により、こうした強い暗示を解消させるとともに、絵により流刑者が出家者に慰められる構図を示そうとしたのが、この改訂の主要な狙いであったように思われる。人生の終末も意識される院としては、体験の特異さの暗示を払拭しつつ、仏者による慰謝を表したかったのであろう。

時代不同歌合絵の創意

番いが生みだす興趣に注目した本作は、こうして絵においても斬新な創意を示す作品であった。

本作の絵の特徴は、早くから美術史研究において論じられてきた。森暢氏は、当代歌人を扱う右方の図像につき、後鳥羽院や慈円を例に、「当時の画像による」可能性を指摘され、「藤原信実或はその家系、画系にあたる作家によって描かれた公算」の大きさを説かれていた（「時代不同歌合絵」『歌合絵の研究――歌仙絵』、角川書店、一九七〇年）。若杉準治氏も、同様に右方につき、良経の絵姿をもとに、「繊細で、初期の似絵の生命力を保っている」ことを指摘された上で、対する左方の在原業平の画像も「まるで写生したかのごとく、人物イメージをみごとに表現している」ことを明らかにされた（「似絵」『日本の美術』四六九号、二〇〇

五年）。さらに土屋貴裕氏も、左右ともに「全巻の整合性をとるという方法」がとられ、「あたかも対面して写した実像に近いものであるとする効果」が期待されていたことを見通されている（「歌仙絵の成立について」『歌仙絵』東京国立博物館展示図録、二〇一六年）。これは時代を超えた競演の企図と呼応するもので、絵師が編者の狙いをよく理解した上で描いたことをうかがわせる。

その目で見直すと、歌人の体型を統一的に描いた事例が注目される。それは右方の当代歌人のうち、藤原顕季（あきすえ）・顕輔・清輔・重家・有家の五人が、すべて恰幅（かっぷく）のよい姿で描かれていることだ。彼らは次の系図に示すとおり、藤原顕季を祖とする六条家の人物であった。

この五人は、藤原俊成・定家の御子左家（みこひだりけ）▲とライバルになる歌道家の人々で、右

御子左家　藤原道長の子、長家を祖とする家で、藤原俊成・定家の活躍により歌壇の主流を占めることとなる。定家を継ぐ為家の子の代に至り、二条・京極・冷泉の三家に分裂する。

図16～20　「時代不同歌合絵」　右方は絵に向かって左側の人物。
右頁上：16　顕季　左方は素性法師。
右頁中：17　顕輔　左方は紀貫之。
右頁下：18　清輔　左方は伊勢。
左頁上：19　重家　左方は平定文。
左頁中：20　有家　左方は藤原長能。

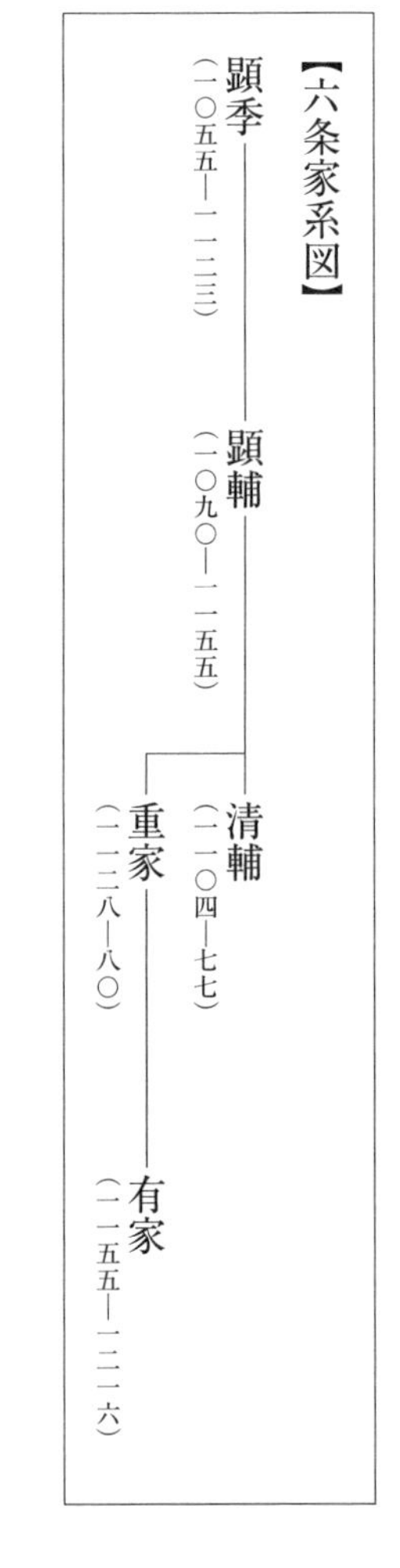

方のほとんどの歌人が普通の体型であるのに対し、全員例外なく太めに描かれるのである。絵師が信実もしくはその周辺の人物だったとすれば、信実の生年は一一七七年頃とされるため、顕季は数十年、顕輔は二十年以上前、清輔も信実が生まれた頃に没しており、会う機会はなかったことになる。これは、おそらく重家や有家が太めの体型を受け継いでおり、実際の証言に基づくか推測によるかはともかく、その六条家に継承された遺伝的体質を現したものと見るのが自然であろう。

身長や体型は人物を表すきわめて重要な徴表であり、描写の目的に歌人のリアルな再現があったことがうかがわれる。こうした右方の当代及び近い過去の歌人の写実性を踏まえるなら、若杉準治氏や土屋貴裕氏が指摘されるとおり、左方の遠い過去の歌人の姿が写生されたように描かれるのも、右方と相応すべくリアリティを付与させる狙いによることが推測されてくる。

百歌仙の図像は、原本においては、鬱屈する篁の姿を含め、柿本人麿の古代から当代歌人にいたるまで、和歌の隆盛を支えた歌仙たちが、生き生きと多様な姿態・表情に描き分けられていたはずである。指摘されてきた似絵の名手、藤原信実の関与はやはり大きかったに違いない。

定家の受容　その二

　では定家は絵巻までを知っていたのか。もとよりそれを確かめるすべはなく、実態は不明である。しかし、先にも述べたとおり、直接の関係が途絶えてからも、院の動向にはますます関心が高まり、承久の乱以前と変わらぬ忠誠を尽くす藤原家隆との間に交流があることを知る定家としては、些細なものでも隠岐の情報はすべて把握すべく努めていた。これまでも指摘されてきた『明月記』の次の記事の重さが改めて思われる。

> 午(うま)の時許(ばか)りに但馬前司来(きた)り談ずるの次(つい)で、世間の事等を漏れ聞く。自身未だ触れ示されず〔若(も)しは隔心の心中か〕。九条大納言殿▲、三十六人を撰び、その真影を書かしめ〔信実〕、隠岐に進めらるるか。其の事また取捨の沙汰あり。前宮内(さきのくない)▲に仰せらるるか。撰歌本望にて忽(たちま)ち興に入るか。是れ皆之を推す許り

九条大納言　藤原基家（一二〇三―八〇）を指す。藤原良経の子で、後鳥羽院に寵愛され、隠岐配流後も交渉が見られる。

前宮内　藤原家隆を指す。後鳥羽院の隠岐配流後も忠誠を尽くし、院から篤い信頼を寄せられていた。

『新三十六人歌合』（『新撰歌仙』）
後鳥羽院・式子内親王の番いから藤原俊成・西行の番いに至る十八番、三十六歌人の歌が集められている。一人三首本と一人一首本があり、歌仙絵を伴う画帖が伝来する。

なり。（天福元年（一二三三）八月十二日）

書かれているのは伝聞の内容であり、真相は不明ながら、九条大納言藤原基家が三十六人の歌人の歌を選び、藤原信実に真影を描かせて隠岐に奉ったこと、その撰につき、後鳥羽院が不満を持ち、改訂に藤原家隆の積極的な関与がうかがわれることが推測として記されている。

話題となっている作は『新三十六人歌合』（『新撰歌仙』▲）と考えられており、樋口芳麻呂氏に後鳥羽院の不満が『時代不同歌合』を生んだかとの推論もある（「新撰歌仙」、前掲『平安・鎌倉時代秀歌撰の研究』、初出一九七一年）。

島津忠夫氏説では「或いは『時代不同歌合』が誤って伝えられたものか、或いは当初は歌仙三十六人の予定だったものが、『時代不同歌合』のような百人の形に変更されたものかはわからない」ともされ（前出「『百人一首』論考」）、確定は困難ながら、対象としているのが、歌仙絵を伴う歌仙歌合形式の秀歌撰であり、信実の絵が描かれた後鳥羽院と関わる作品であった、という事実は動かない。

少なくともこの情報を書き留める時点で定家は、隠岐で生み出される歌仙秀歌撰が歌仙絵を伴う新作であること、それも信実が描く絵を伴うことは知っていたのである。後鳥羽院に対し、強い関心とともに複雑な対抗意識を抱いていた定家が、この断片的な情報から、信実のリアルな絵を備えた歌仙歌合が、歌と絵が相関する新たな芸術として実現していたことを察知した可能性は低くないように思われる。

ともあれ、『時代不同歌合』が絵の存在を不可欠なものとして成立しており、ここに信実が関与する絵が語られていることを踏まえると、定家に影響を与えた『時代不同歌合』が、和歌テキストのみであったと考えるのは困難である。

時代不同歌合絵の先駆性

その「時代不同歌合絵」は、歌仙を描く絵の歴史の中で重い位置を占めていた。そもそも歌仙の絵が描かれるのは、平安時代後期に、人麿の画像を掛け、その前で和歌を詠む人麿影供（えいぐ）の催しに由来する。ただし、これまで明らかにされているとおり、複数の歌人の姿が作中に共存する絵は、『月詣集』の記述や『治承三十六人歌合』の存在に明らかなように、治承・寿永年間（一一七七―八四）以降から用例が知られはじめ、続いて「三十六歌仙絵」とともに『時代不同歌合』による絵が出現する。

その「三十六歌仙絵」と「時代不同歌合絵」の関係については、美術史研究で議論が交わされてきた。

人麿影供　歌聖、柿本人麿の画像を掲げ、歌会を催して供養する営み。元永元年（一一一八）、藤原顕季が始め、和歌の上達を願う人々の間で流行し、後鳥羽院の時代には頻繁に催される。後代にも広く行われた。

『月詣集』　賀茂重保が寿永元年（一一八二）に編んだ私撰集。雑下の歌の詞書に、「賀茂重保が堂の障子に歌詠みの形を描きて、おのおの詠みたるを色紙形に書きけるを、書きてたべと申したりければ」とある。

『治承三十六人歌合』　治承三年（一一七九）頃、僧俗各十八人の歌を各十首ずつ番えた歌合形式の秀歌撰。歌仙絵を伴っており、狙いは「その姿を写して世の末までの形見に留め」ることにあった（序文）。同時代歌人の姿を描く早い例として注目される。

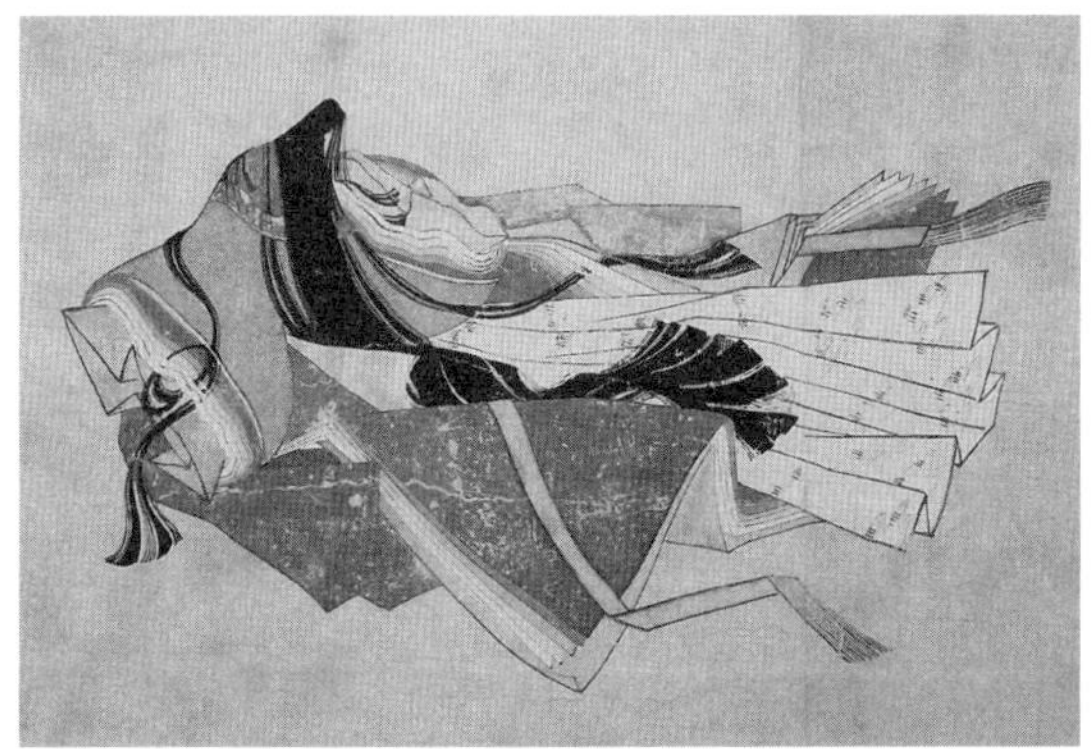

上：図21　佐竹本「三十六歌仙絵」　猿丸
下：図22　佐竹本「三十六歌仙絵」　小町

右：図23　業兼本「三十六歌仙絵」　猿丸（断簡）
左：図24　業兼本「三十六歌仙絵」　仲文（断簡）

図25　業兼本「三十六歌仙絵」　重之（断簡）

図26　「時代不同歌合絵」　重之

歌仙絵として我々に最も馴染みのものは佐竹本「三十六歌仙絵」だが、後代に受け継がれてきたのはその佐竹本（図21・22）ではなく、業兼本（図23・24）と呼ばれる系統の歌仙絵であった。

比べれば、佐竹本が、王朝盛時の貴族らしさを示す装束であるのに対し、業兼本は庶民的な装いのものが多く、その差異は大きい。同時に、歌人のポーズも、業兼本のほうが佐竹本よりはかなり自在である。

この業兼本の絵は『時代不同歌合』の絵と深く関わっており、両者には直接的な影響関係があったことが論証されている。例えば、源重之像のような人物を正面から描く構図は珍しく（図25・26）、佐竹本には見られない。その影響を与えた方向については異なる理解が示されており、森暢氏が「時代不同歌合絵は、三十六歌仙絵のあとをうけて盛行した」と見る立場から、「時代不同歌合絵」が業兼本の影響を受けたとされる（前出「時代不同歌合絵」）のに対し、真保亨（しんぼとおる）氏は、その逆の見方を示された。両者ともに図像の比較に基づく認定であるが、真保亨氏説は、全体として業兼本が「形の大小等不揃いが目立ち、絵巻として全体の統一がなく、きわめて不自然」であることに注目され、三十六歌仙中十一歌仙は姿をそのまま転用し、十歌仙は反転して用い、他の十五歌仙も、百歌仙中から適宜抜き出し、造成したという（「業

図27　「時代不同歌合絵」　斎宮女御と式子内親王

兼本三十六歌仙絵」『美術研究』三二五号、一九八三年）。

片桐弥生氏は、寝姿の斎宮女御像を取り上げ、式子内親王と番いをなす（図27）配慮をも踏まえ、「時代不同歌合絵」が「寝る夢にうつつの憂さも忘られて思ひ慰む程ぞはかなき」歌と相関するのに対し、業兼本では歌との関連を有さないこと等を論拠に真保亨氏説を補強された（「歌仙絵の世界——業兼本図様の成立と展開を中心に」『和歌をひらく 第三巻 和歌の図像学』、岩波書店、二〇〇六年）。

さらに土屋貴裕氏は、「三十六歌仙絵」と「時代不同歌合絵」との関係につき、佐竹本の成立が鎌倉後期に下る可能性を踏まえ、「時代不同歌合絵」の古例に白描▲のものが多いこと、その白描が「似絵」の描法と極めて親和性が高いこと等に基づき、「似絵を用いた初期の歌仙絵は彩色画ではなく、白描画であった」と考えられるため、「似絵の描法を用い、かつ白描画である「時代不同歌合絵」は、歌仙絵に似絵の描法を持ち込んだ比較的早い時期の作例だった」と推定された。その上で、「従来言われているような」「「三十六歌仙絵」が「時代不同歌合絵」を生んだのではなく、

白描　毛筆により墨の線のみで描く大和絵の技法。

「時代不同歌合絵」に影響、触発されることで、多くの歌仙絵が制作されたのではないか」との見解を示された（前出「歌仙絵の成立について」）。これまでの把握を大きく転換させるこの見方は、『時代不同歌合』の企図が持つ斬新さと、それに反応した似絵の名手信実の力量、及び後代に対する影響力の強さ等に照らして、蓋然性の高さを思わせる。

その斬新さこそが、本作が定家に強い影響を与えた要因だったように思われる。絵のインパクトは何より左方と右方が互いに向き合う構図を取り続けることにある。互いが歌を詠み合うことが身体の向きで表され、それによって、先に見たとおり、篁・西行の番いのように嘆きを慰謝する図さえも描かれる。文字通り、歌仙歌合を明示する図像こそが本作の特性であり、それが業兼本以下多くの「三十六歌仙絵」に継承されるのである。

作成の動機に絵師の感応があったことを思わせる和歌・絵画融合の創作が、『時代不同歌合』であった。その情報が定家にもたらされたとすれば、後鳥羽院への複雑な意識を抱く定家には衝撃となり、感銘を受けるがゆえに一層の対抗意識がかきたてられたことであろう。

これらを踏まえ、『百人秀歌』に込められた定家の思惑を探ってみよう。

四▼『百人秀歌』の配列

『百人一首』と『百人秀歌』

先に触れたとおり、『百人秀歌』の配列原理は隣り合う歌人の番いにあるとされてきた。それは具体的に『百人一首』とどのように違うのか。通覧してみよう。

『百人一首』と『百人秀歌』（歌人配列）

・『百人秀歌』につき、各群の首尾の歌人に○を付し、御製に傍線を付した。
・『百人一首』のみに収められる歌人、『百人秀歌』のみに収められる歌人に網掛けを施した。

百人一首		百人秀歌
1天智天皇	―	1天智天皇御製○
2持統天皇	―	2持統天皇御製○
3柿本人麿	―	3柿本人麿
4山辺赤人	―	4山辺赤人

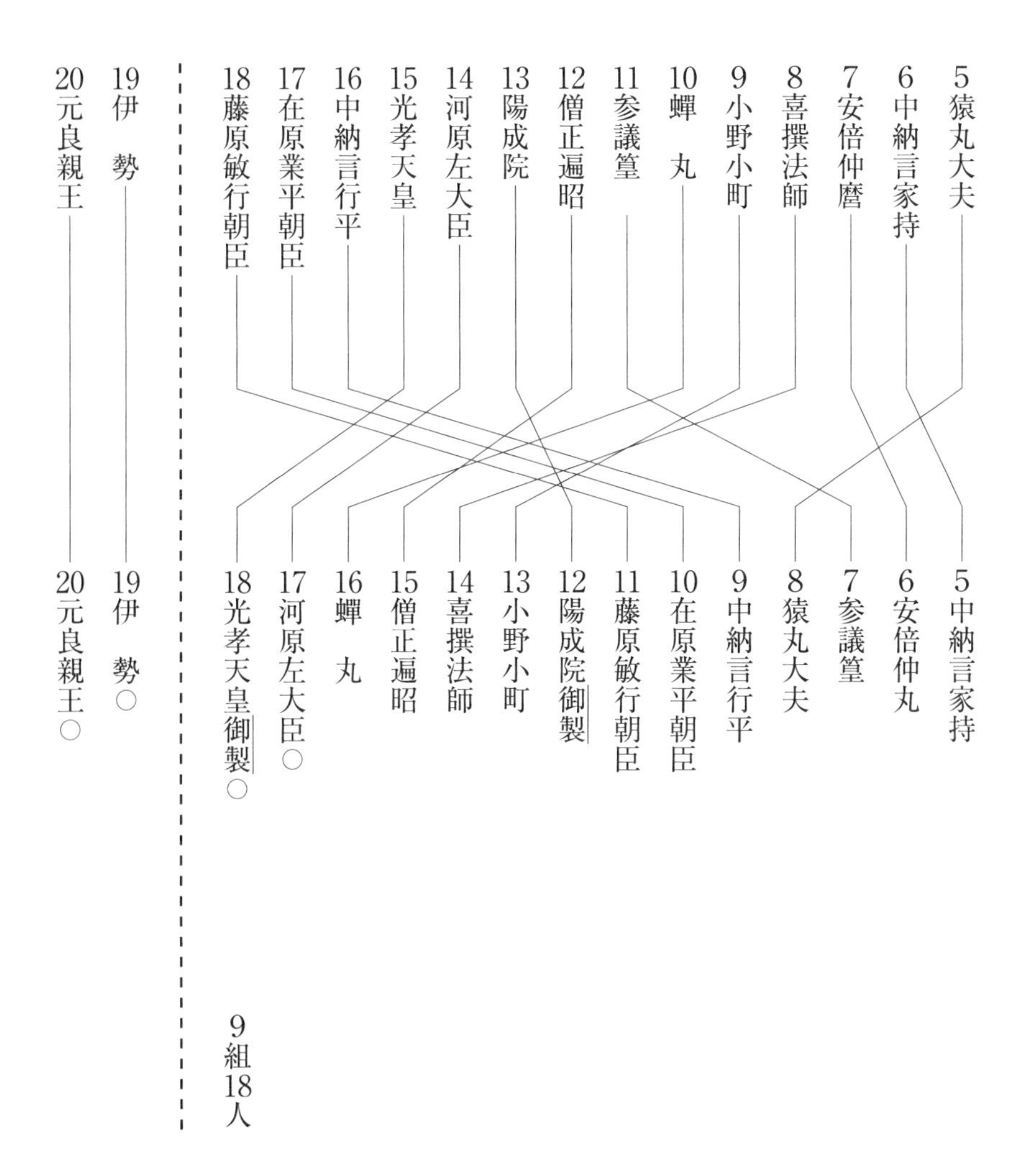
5猿丸大夫
6中納言家持
7安倍仲麿
8喜撰法師
9小野小町
10蟬　丸
11参議篁
12僧正遍昭
13陽成院
14河原左大臣
15光孝天皇
16中納言行平
17在原業平朝臣
18藤原敏行朝臣
19伊　勢
20元良親王
5中納言家持
6安倍仲丸
7参議篁
8猿丸大夫
9中納言行平
10在原業平朝臣
11藤原敏行朝臣
12陽成院御製
13小野小町
14喜撰法師
15僧正遍昭
16蟬　丸
17河原左大臣○
18光孝天皇御製○
19伊　勢○
20元良親王○
9組18人

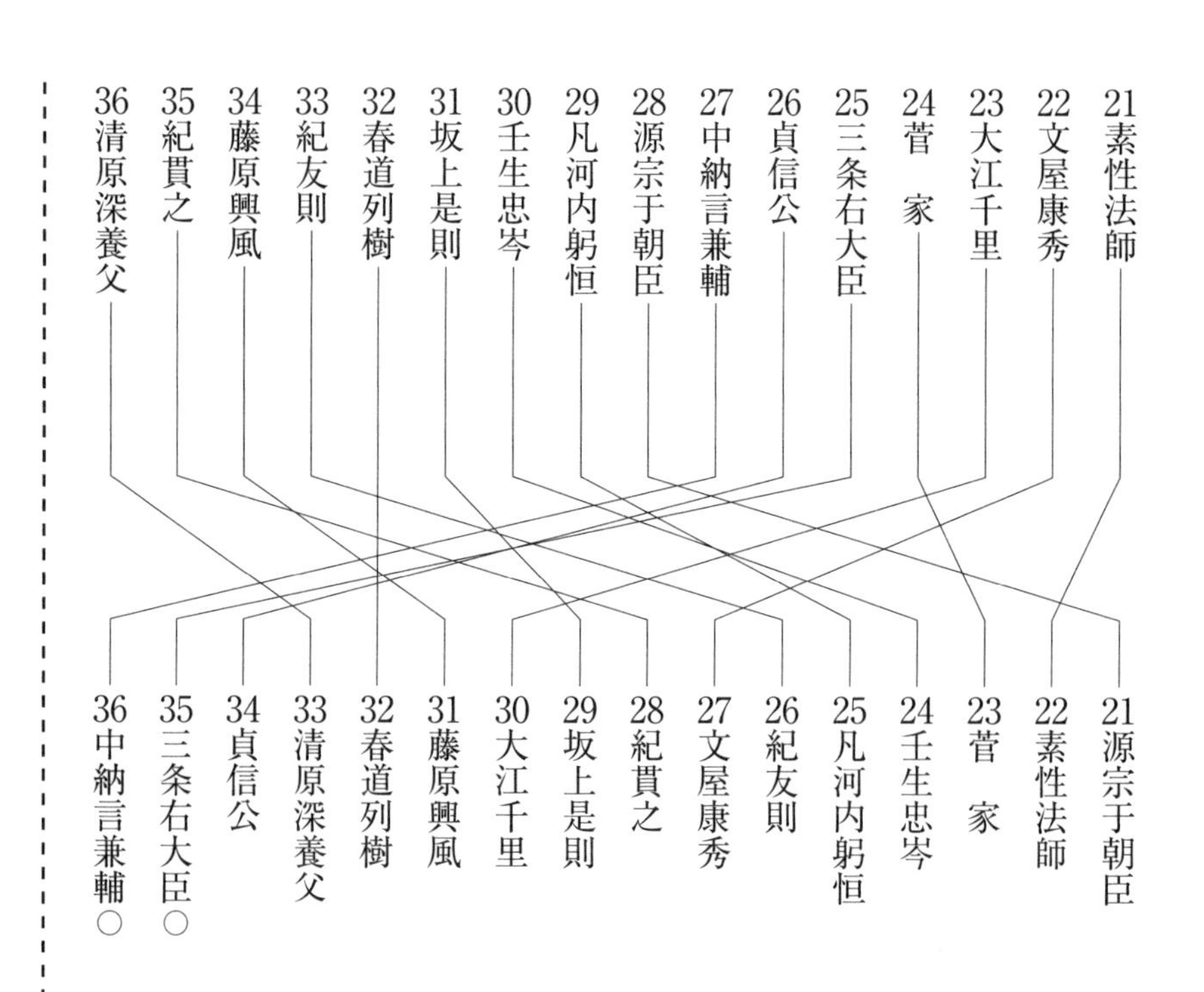
21素性法師
22文屋康秀
23大江千里
24菅　家
25三条右大臣
26貞信公
27中納言兼輔
28源宗于朝臣
29凡河内躬恒
30壬生忠岑
31坂上是則
32春道列樹
33紀友則
34藤原興風
35紀貫之
36清原深養父
21源宗于朝臣
22素性法師
23菅　家
24壬生忠岑
25凡河内躬恒
26紀友則
27文屋康秀
28紀貫之
29坂上是則
30大江千里
31藤原興風
32春道列樹
33清原深養父
34貞信公
35三条右大臣○
36中納言兼輔○

9組18人

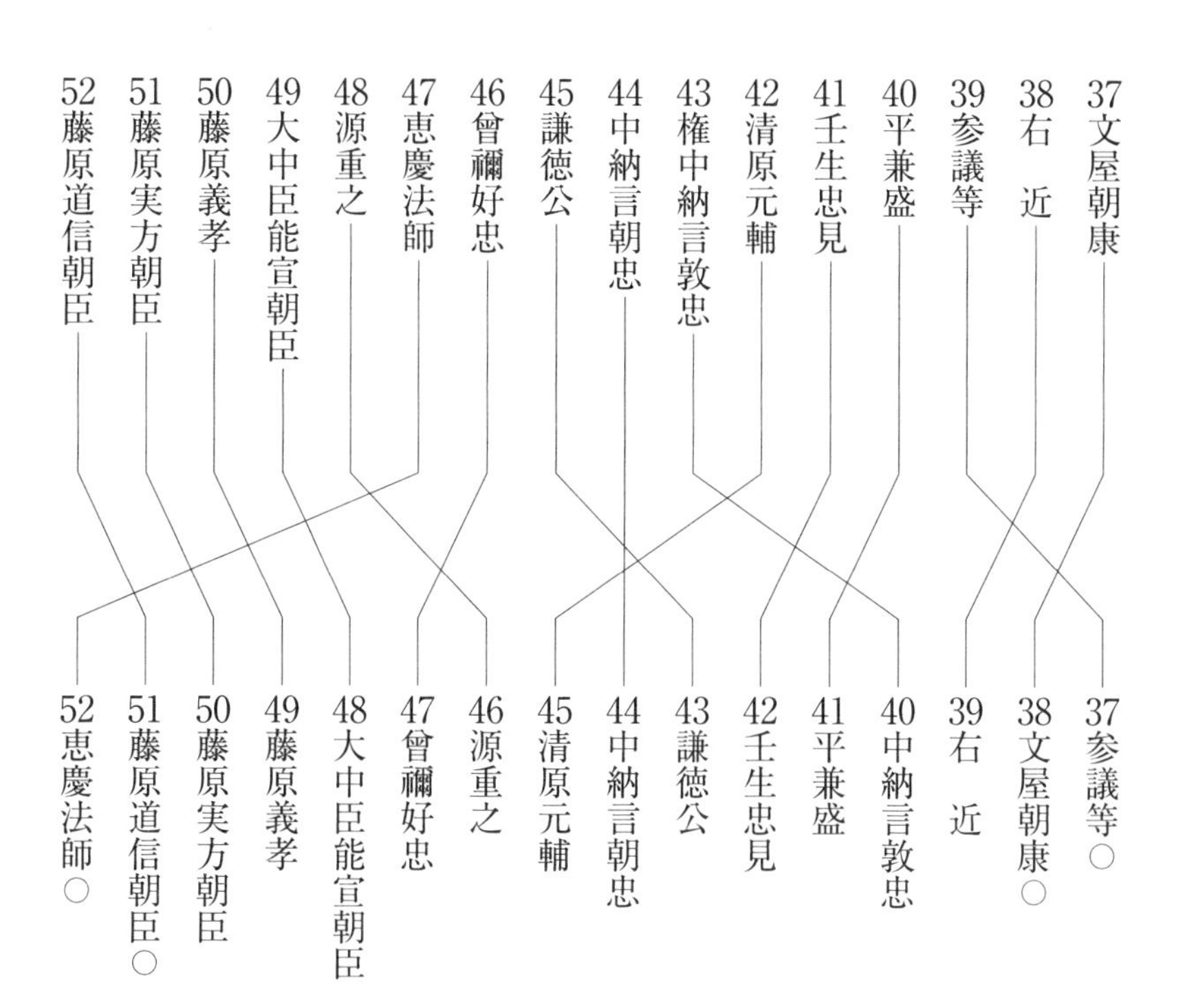

37文屋朝康
38右　近
39参議等
40平兼盛
41壬生忠見
42清原元輔
43権中納言敦忠
44中納言朝忠
45謙徳公
46曾禰好忠
47恵慶法師
48源重之
49大中臣能宣朝臣
50藤原義孝
51藤原実方朝臣
52藤原道信朝臣
37参議等○
38文屋朝康○
39右　近
40中納言敦忠
41平兼盛
42壬生忠見
43謙徳公
44中納言朝忠
45清原元輔
46源重之
47曾禰好忠
48大中臣能宣朝臣
49藤原義孝
50藤原実方朝臣
51藤原道信朝臣○
52恵慶法師○

8組16人

53右大将道綱母
54儀同三司母
55大納言公任
56和泉式部
57紫式部
58大弐三位
59赤染衛門
60小式部内侍
61伊勢大輔
62清少納言
63左京大夫道雅
64権中納言定頼
65相　模
66前大僧正行尊

53一条院皇后宮○
54三条院御製○
55儀同三司母
56右大将道綱母
57能因法師
58良暹法師
59大納言公任
60清少納言
61和泉式部
62大弐三位
63赤染右衛門
64紫式部
65伊勢大輔
66小式部内侍
67権中納言定頼

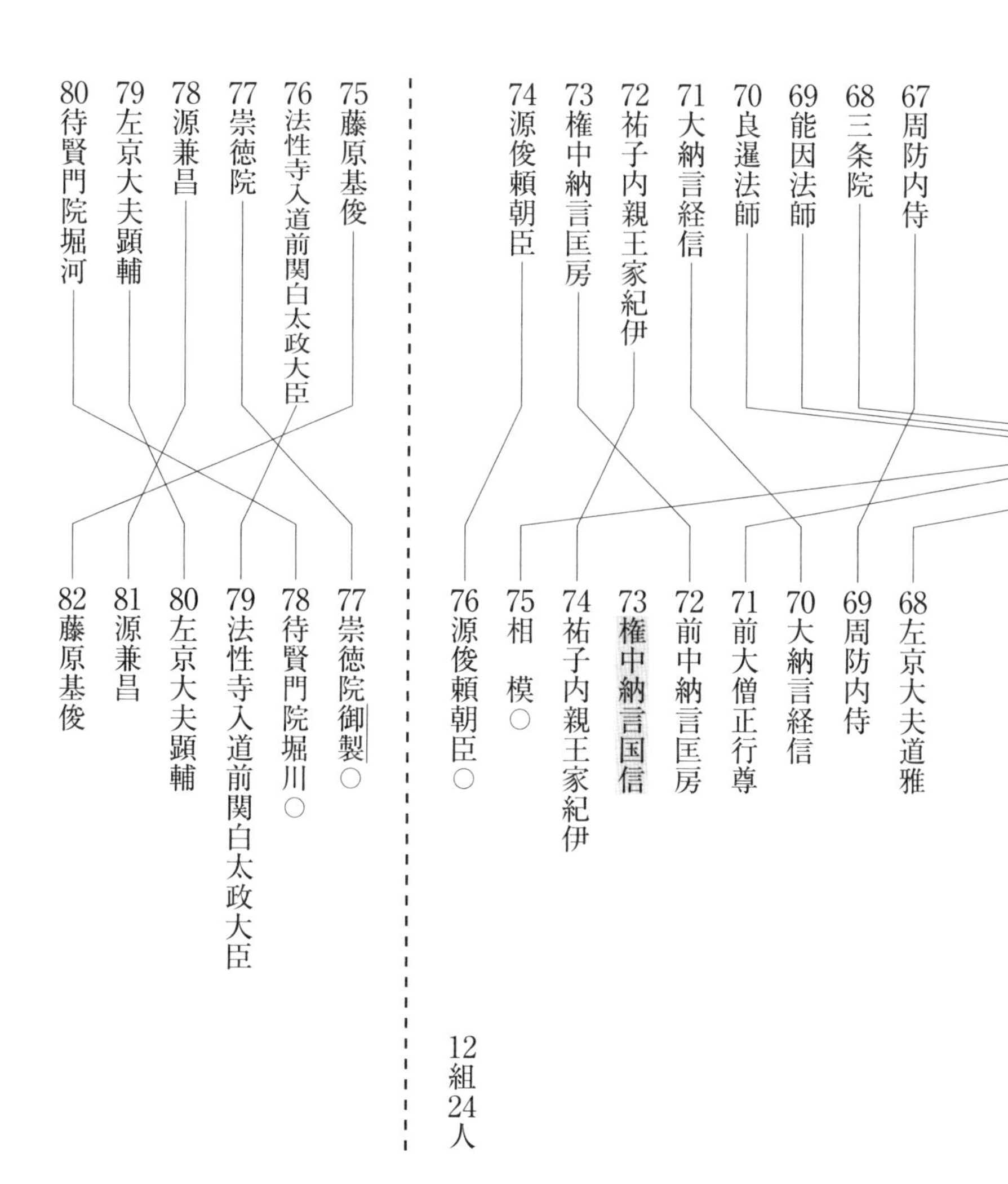
67周防内侍
68三条院
69能因法師
70良暹法師
71大納言経信
72祐子内親王家紀伊
73権中納言匡房
74源俊頼朝臣
75藤原基俊
76法性寺入道前関白太政大臣
77崇徳院
78源兼昌
79左京大夫顕輔
80待賢門院堀河
68左京大夫道雅
69周防内侍
70大納言経信
71前大僧正行尊
72前中納言匡房
73権中納言国信
74祐子内親王家紀伊
75相　模○
76源俊頼朝臣○
77崇徳院御製○
78待賢門院堀川○
79法性寺入道前関白太政大臣
80左京大夫顕輔
81源兼昌
82藤原基俊
12組24人

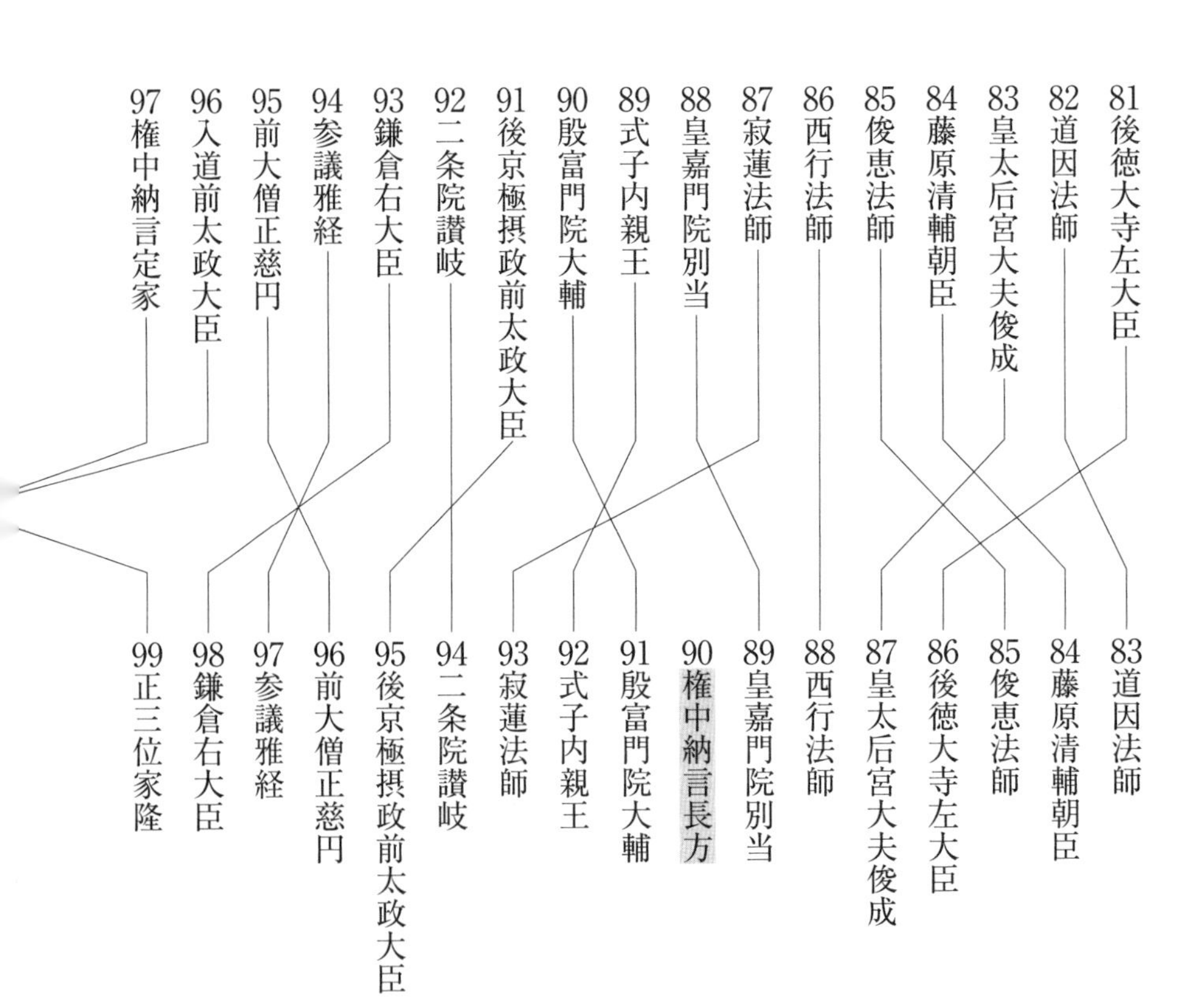
81後徳大寺左大臣
82道因法師
83皇太后宮大夫俊成
84藤原清輔朝臣
85俊恵法師
86西行法師
87寂蓮法師
88皇嘉門院別当
89式子内親王
90殷富門院大輔
91後京極摂政前太政大臣
92二条院讃岐
93鎌倉右大臣
94参議雅経
95前大僧正慈円
96入道前太政大臣
97権中納言定家
83道因法師
84藤原清輔朝臣
85俊恵法師
86後徳大寺左大臣
87皇太后宮大夫俊成
88西行法師
89皇嘉門院別当
90権中納言長方
91殷富門院大輔
92式子内親王
93寂蓮法師
94二条院讃岐
95後京極摂政前太政大臣
96前大僧正慈円
97参議雅経
98鎌倉右大臣
99正三位家隆

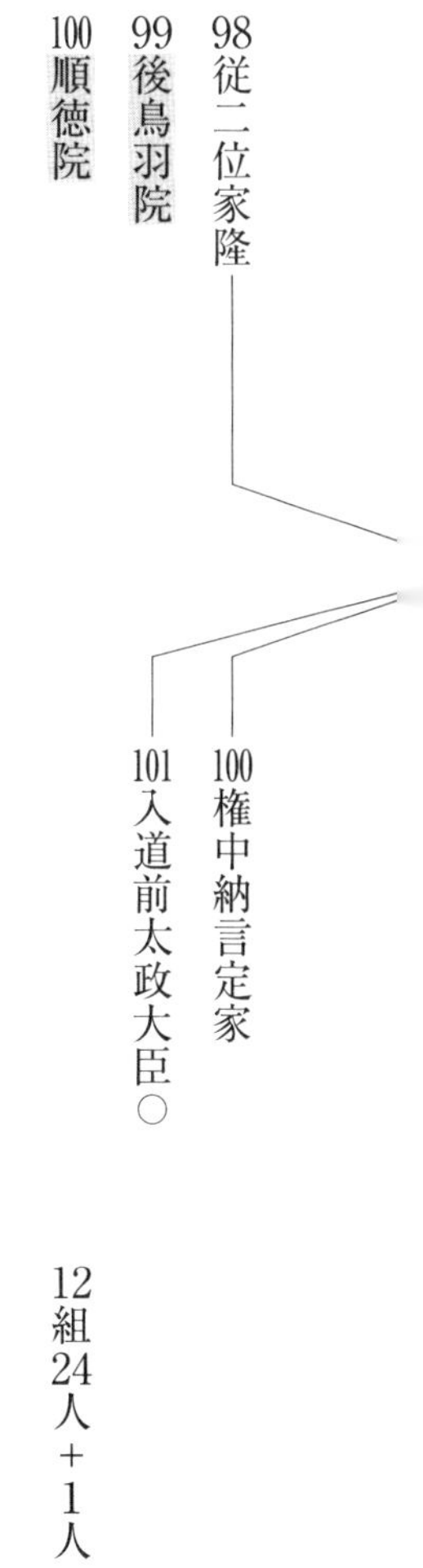

98従二位家隆
99後鳥羽院
100順徳院

100権中納言定家
101入道前太政大臣○

12組24人＋1人

配置の妙

一致する九十八人を線で結んでみれば、図のとおり、同一の位置に据えられるのは、冒頭四人のほかにわずかばかりで、大部分は場所を異にすることが知られる。結ぶ線は傾きが異なり、その傾きの大きさが両者の位置の異なりを示すことになる。

この線を手がかりに、歌人の配列を検討してみよう（以下、本節では、煩を避け、『百人一首』を『一首』、『百人秀歌』を『秀歌』と略称し、歌とその位置を数字のみで示すことがある）。

まず、九十八本の線を全体として見渡せば、交差や傾きの度合いなどに法則性を認めることはできない。これは、時代順を原則とする『一首』に対し、『秀歌』が独自の基準によることを明確に示すもので、『秀歌』は『時代不同歌合』同様に、どの二人を組み合わせるかに意を尽くしていたことを示している。ただし注目すべきは、全く自在に番いを考えれば、交差も傾きもさらに多様になるはずが、表のとおり、交差する線は、五つのまとまりの中に収まっていることだ。破線で区切りを入れたとおり、全体は五つの部分に分けられ、飛び越えて他の部分へ繋がる線は一本も引かれないのである。なぜそのようなまとまりをなすのだろうか。

以下、下段の『秀歌』の構造を具体的にたどってみる。

*

はじめに区切られる歌群は、1～18の十八首である。『一首』と同じ配列は最初の四歌人のみで、以下異同が激しく、『秀歌』では、5家持・6仲丸以下に番いが形成されていく。それぞれ二首は、組まれることによる照応や映発を考慮する歌の内容とともに、歌人の身分・立場も考慮されたはずで、行平・業平の兄弟を並べる9・10、遍昭・蝉丸の出家者で揃える15・16の番いも生まれる。それらとともに注目されるのが、『一首』では15の位置にある光孝天皇を最後の18に据え、番える河原左大臣も同じ距離の異同となって、二首が歌群末尾を飾ることである。河原左大臣（源融）は嵯峨天皇皇子であり、○印を付した二人は皇族としての番いを読むことが可能である。とすれば、やはり○印を付した冒頭の、天智・持統両天皇の番いとの呼応が知られるであろう。

＊

二つ目の歌群は、初めの伊勢・元良親王の番いを『一首』と同じくしながら、以下異同が大きく、それらはやはり二首を効果的に番える配慮に基づくと読まれる。

21源宗于には22素性法師を、23菅家には24壬生忠岑を、それぞれ望ましい番いとして組むべく、『一首』に見る時代順を超えて移動させたと思しい。いずれも興味深く味わわれる中、『一首』との位置の差が大きい文屋康秀と紀貫之の番いを読んでみよう。

27吹くからに秋の草木のしをるればむべ山風を嵐といふらむ　（文屋康秀）
28人はいさ心も知らずふるさとは花ぞ昔の香ににほひける　（紀貫之）

両首は、秋・春の対比のもと、心情仮託の歌として通い合う。定家が採用した理由として「秋の野分のあわれ」を指摘される島津忠夫氏説▲のように、27の康秀の歌は、「秋」に「飽き」が響き、強風が身にこたえるつらさが読まれる。並ぶ28の貫之の歌は、匂う梅香からそれを運ぶ微風が思われ、挨拶性に富む軽い怨恨が読まれれば、風の強弱により対比される情感の妙味が堪能されることになる。

島津忠夫氏説　『新版　百人一首』（角川ソフィア文庫、一九九九年）による。

この歌群で、最も大きな異同は三条右大臣の歌であり、『一首』の25の位置が『秀歌』では35の位置に置かれて兼輔と番いになる。これも前歌群同様にここでの完結を意図した配置だろう。

＊

三つ目の歌群は、線の交差や斜角が先の二歌群より少なく、時代順を大きく崩す必要がないままに二首の組み合わせが整えられた歌群と見られる。『天徳内裏歌合』で、ともに優れ勝負が困難であった逸話で知られた41兼盛・42忠見の並びをはじめ、工夫を凝らす合わせが少なくない。冒頭の、

37浅茅生の小野の篠原しのぶれどあまりてなどか人の恋しき　（参議等）
38白露に風の吹きしく秋の野はつらぬきとめぬ玉ぞ散りける　（文屋朝康）

は、恋と季の歌の取り合わせで、情景と素材の近さにより、相互に通い合う解が味わえる仕組みである。つづく、

39忘らるる身をば思はず誓ひてし人の命の惜しくもあるかな　（右近）
40あひ見ての後の心にくらぶれば昔は物も思はざりけり　（中納言敦忠）

『天徳内裏歌合』　天徳四年（九六〇）に催された歌合。ともにすぐれて判定を下しかねた判者藤原実頼が村上天皇の意向を伺うと、判断は示されず、兼盛歌を口ずさまれたという話で有名。

も、ともに『大和物語』に描かれる物語に引かれ、両者の関わりもうかがわれることから、番いで味わわれる。
そして、末尾の52は、この歌群では『一首』との位置の異同が大きい歌であり、番いは、

51明けぬれば暮るるものとは知りながらなほ恨めしき朝ぼらけかな（藤原道信朝臣）
52八重むぐらしげれる宿のさびしきに人こそ見えね秋は来にけり（恵慶法師）

という、恋と季の取り合わせである。冒頭と同じく通い合う解を許容し、もって首尾照応するのである。

*

四つ目の歌群は、前の歌群とは逆に『一首』の配置と最も大きく異なっている。以下、やや詳しく見てみよう。異なる要因の一つは、『秀歌』固有の次の二首が置かれることにある。

53夜もすがら契りしことを忘れずは恋ひむ涙の色ぞゆかしき（一条院皇后宮）
73春日野の下もえわたる草の上につれなく見ゆる春のあは雪（権中納言国信）

前者、53の一条院皇后宮（定子）の歌は、三条院の、

54心にもあらでうき世にながらへば恋しかるべき夜半の月かな

と組まれ、冒頭に据えられる。そのため三条院歌は『一首』の68の位置と大きく異なることとなり、時代順にはよらぬ首尾の重視がここにも指摘される。『栄花物語』によれば、一条院皇后宮歌は没後に一条院の目に留まることを期して残された歌、三条院歌も皇位を追われ崩ずる前年の歌であり、両首は哀傷に関わる番いとして配されたことが知られる。

ここに始まる歌群の前半部分の並びを改めて比べてみよう。

『一首』	『秀歌』
53右大将道綱母	53一条院皇后宮
54儀同三司母	54三条院御製

55大納言公任
56和泉式部
57紫式部
58大弐三位
59赤染衛門
60小式部内侍
61伊勢大輔
62清少納言
63左京大夫道雅
64権中納言定頼
65相　模
66前大僧正行尊

55儀同三司母
56右大将道綱母
57能因法師
58良暹法師
59大納言公任
60清少納言
61和泉式部
62大弐三位
63赤染右衛門
64紫式部
65伊勢大輔
66小式部内侍

時代順を基本とする『一首』が、冒頭の53から62まで王朝女流が並び、中に55の公任が一人混じる配列であるのに対し、『秀歌』は、右に見た冒頭（53・54）に続き、貴族の母の儀同三司母・右大将道綱母（55・56）、僧侶の能因法師・良暹法師（57・58）を置き、公任・清少納言（59・60）を並べた上で、以下三組の女流

図28　『百人一首かるた』　公任

図29　『百人一首かるた』　清少納言

歌人同士（61・62、63・64、65・66）を番えている。

このうち、公任（図28）の、

59滝の音は絶えて久しくなりぬれど名こそ流れてなほと
　まりけれ

は『一首』ではしばしば秀歌か否かが論ぜられ（結句「きこえけれ」）、評価に関わって議論がなされてきた。大覚寺の滝の歌ゆえ、本書が成立する地の嵯峨との関わりから選ばれたとする見方も示されているが、涸れても残る名声を「滝」の縁で「流れる」ものと詠み、頭韻を踏むように「タ」「ナ」を重ねて流れるリズムを醸し出す、さりげなく巧みな心地よい歌である。

その番い相手となる清少納言（図29）の、

60夜をこめて鳥の空寝にはかるともよにあふさかの関は
　ゆるさじ

は、公任とともに四納言に数えられる藤原行成（ゆきなり）と交わす才知に富む歌（『一首』は第二句「鳥の空寝は」で、孟嘗君（もうしょうくん）の故事を踏まえた、社交の軽やかさに特徴を有する。二首を比べ読めば、一人懐旧に耽（ふけ）る公任歌の〈静〉と、贈答に興じる清少納言歌の〈動〉の対照が、知に棹（さお）さす王朝歌としての同質性と、「音」・「声」をテーマとする共通性のもとに、鮮やかに印象づけられる。公任歌の選歌は、この清少納言歌との番いを前提としていた、と解するのはきわめて自然である。

つづく、

61あらざらむこの世の外（ほか）の思ひ出に今ひとたびの逢ふこともがな（和泉式部）
62有馬山ゐなの篠原（ささはら）風吹けばいでそよ人を忘れやはする（大弐三位）

の番いが、ともに恋歌で、和泉式部の切実な恋と大弐三位の軽妙な恋、次の、

63やすらはで寝なましものをさ夜ふけてかたぶくまでの月を見しかな（赤染右衛門）
64めぐりあひて見しやそれともわかぬまに雲隠れにし夜半の月かな（紫式部）

が、恋と雑を出典とする歌として、月にまつわる不本意を詠んで共通する。いずれも併せ読んで味わいが深まる番いに違いない。そうした王朝盛時から後期に至る歌人たちを番えるこの歌群の掉尾（とうび）を飾るのは、平安後期の最も優れた歌人俊頼と、最も優れた女流歌人相模であり、やはりそのために相模は時代順の配列と大きく異なり、末尾に位置づけられたと解される。その相模歌が歌合歌として深く考えられた秀詠であるのと等しく、俊頼歌も「晴れの歌」として、『百人一首』とは別の、

76山桜さきそめしより久方の雲居にみゆる滝の白糸

という秀歌が据えられたのである。

＊

最後の五つめの歌群は、冒頭を崇徳院と待賢門院堀川とする。両者の歌はともに『久安百首』の恋歌であり、待賢門院に関わる人物（子と女房）として番えられたはずである。これまで同様、皇室関係歌人の重視による冒頭の配置であり、以下当代歌人まで、やはり番いへの配慮は周到である。例えば、87皇太后宮大夫

「晴れの歌」 藤原定家が源実朝のために書いた歌論書『近代秀歌』（流布本）では「晴れの歌の本体」と評される。

『久安百首』 和歌に秀でた崇徳院が催した百首歌。院を含め、当代歌人十数名が詠み、久安六年（一一五〇）に完成する。当代の勅撰集とも深く関わる重要な催し。

俊成には『後鳥羽院御口伝』でも並称される88西行法師、95後京極摂政前太政大臣（藤原良経）には叔父である96前大僧正慈円、鎌倉に縁の深い97参議雅経には98鎌倉右大臣（源実朝）、そして新古今時代の最も優れた歌人として自他ともに評価が定まっていた99正三位家隆と100自身を番えているのである。

最後の101入道前太政大臣（藤原公経）歌は、後で見るとおり別格の扱いであり、今これを棚上げすれば、最後の組が定家自身と家隆の番いとなる。『一首』では、巻末の順徳・後鳥羽両院の前に位置する両者は、定家・家隆の順であり、先後が逆である。『一首』と『秀歌』の末尾部分は、作者の没年や官位に絡め、種々議論されてきたが、見てきたような『秀歌』の性格からすれば、この配置は、編者定家が歌合形式を意識して定めた結果にほかならない。左が重んじられる習いに即し、フイバル家隆を先に据え、自らの歌を添わせる形に仕立てたのである。

順徳院の歌学書、『八雲御抄（やくもみしょう）』に、院が小町と伊勢の秀歌を番えた巻物を編んだところ、夢に小町が現れ、「この御歌合はみな、伊勢は左に、こは右に番はれて侍ること、深き憂（うれ）へなり」と述べたという記事がある。歌仙歌合形式の番いに対しては、その人選とともに左か右かの配され方に高い関心が集まっていたのであり、些細に見えるこの位置の逆転にも『秀歌』らしさが端的に示される。

ちなみに、初めに見た『明月記』の記事では、本作の歌人は「天智天皇より以来家隆・雅経に及ぶ」と説かれていた。その三名が首尾を表すことも、二首番いの構造から説明される。すなわち、五十組の歌仙歌合形式として、冒頭は一番を、末尾は五十番とその前の四十九番を示すため、次に示すとおり、それぞれ左歌人の名をその順に掲げたのである。

	左	右
一番	天智天皇御製	持統天皇御製
…		
四十九番	参議雅経	鎌倉右大臣
五十番	正三位家隆	権中納言定家

構造に由来する配置

かくして『秀歌』は、二首ずつの番いが連続する構成体であり、それも五つの歌群からなることが明らかに認められる配列となっていた。

実は全体が五つの部分に分かれることは、早く辻勝美氏が考察されていた。氏は、『二首』と『秀歌』それぞれが、巻頭から順に二首ずつペアを形成していると考える立場から分析を加えられ、「ペア歌」の組み替えが行われている範囲により両作とも五区分されることを導かれた（「『小倉百人一首』の成立」『百人一首と秀歌撰』、風間書房、一九九四年）。『百人秀歌』から『百人一首』へ逆順の移行、次に位置する歌人のペアの相手と組み合わされた移行等を含め、両作における「ペア意識」から導かれたこの論は、拙考とは目的も手法も異なり、小異もあるものの、周到な論証であり、五群の構造は確かに透視できるのである。

では、なぜ『秀歌』が五区分される必要があったのだろうか。その理由をテキストのレベルに求めることは困難である。

和歌の再生に向け、模索が続けられたこの時代、和歌史が総括される際には、古き時代と今の時代の間に「中頃（なかごろ）」を認定する歴史の三区分法が一般であった。俊成も鴨長明も歌論書ではその認識であり、定家自身も『近代秀歌』で和歌史をたどる際、和歌中興の祖、源経信以降の貢献を説いて、その基本を踏襲している。五区分する発想は、歌論・歌学の常識からは生まれない。

時代順を踏襲しながら、なお五つの部分に区別する必然性は、テキストの上からは説明しにくいとすれば、それは何に由来するのか。それこそが、先に見た嵯峨中院が大広間一つではなく、複数の部屋からなっていたことに認められるであろう。

『最勝四天王院障子和歌』の場合は、「御堂」、「常御所」、その「常御所」内の

「御寝所」、そして「閑所」と四つの空間に障子が配されていたのに対し、こちらの障子は、五つの空間に配されていた。番いを構成し、二首ごとに相補的な読みを味わわせる歌々は、五つの部屋に大きく時代ごとに集団でまとめられていたのである。

入道前太政大臣歌

最後に棚上げした百一首目を考えてみよう。結論から述べると、最終歌、

花誘ふ嵐の庭の雪ならでふりゆくものはわが身なりけり

は、それまでとは異なり、番える相手を持たない一首として、末尾を飾るために据えられたものと解される（図30）。

この歌には、後に差し替えを期して付加されたとする説をはじめ諸解があり、これまで『秀歌』は草案と解する見方が広く行われてきた。その理由は何より〈一〇一〉という数の不自然さにある。

ただし、『秀歌』に一貫して番いを読む安東次男氏は、早く「組合せるべき歌がない」この一首が、言われてきたように、どれかと「あとで差替える意図があ

ったかどうか」は疑わしく、「歌そのものの姿は巻尾を飾る歌としてはまんざらふさわしくなくもない」と評されていた（『百首通見』、ちくま学芸文庫、二〇〇二年、初出一九七二年）。

本作に「障子和歌としてのペア意識」を認められる上條彰次氏も、「すべての人を襲う老年の悲哀を詠む点で」「普遍性をもつ」この歌につき、

> 家隆・定家歌の前には、雅経・実朝歌というこれも緊密な一体性をもつペア歌が配列されているが、それらを包摂して恩讐の彼方へ開放する機能を果たしているともいえる歌である。関東中次の歌としては、最も適切な歌が選ばれているともいえるのである。

図30 『百人一首かるた』 入道前太政大臣

と論じられていた（「『百人一首』追考」『中世和歌文学諸相』、和泉書院、二〇〇三年、初出一九九三年）。いずれも巻尾らしさを備えた藤原公経の歌の理解として穏当であろう。しかし、整わない数の和歌集成をテキストとして解することは不自然であり、やはりこれは、嵯峨中院という空間に飾られる作なればこその採用であったと解される。

承久の争乱の折、後鳥羽院に幽閉された藤原公経は、乱の後、関東申次として鎌倉との間を調整する親幕派の最も絶大な権力者であり、その姉が妻である定家にも、また宇都宮頼綱にも重要な人物である。その身分と立場から、嵯峨中院の五部屋に古来の歌人を列挙する企画において、最後を飾る場所に彼を据えるのはきわめて自然である。

見てきたとおり、冒頭と末尾が重んじられる各歌群の扱いに従えば、五部屋目の最後が五十組目の番いで閉じられた場合、定家が末尾となるという不都合も生じる。五部屋目の冒頭に位置する崇徳院の番いに対応すべく置かれたのが、入道前太政大臣であった。なお、やはり別格と扱う樋口芳麻呂氏論では、『秀歌』全体の冒頭の天智・持統両天皇との呼応を指摘される。それもテキストの構造においては成立するものの、五部屋の構造に即する配列からは、崇徳天皇の番いとの照応と見るのが自然である。その建物の装飾としての効果を踏まえるなら、他と異なって一人で像を掲げられるのは、番えるべき人物が存しないとする顕彰が試みられていたのかもしれない。

いずれにせよ扱いには特別な思惑が込められたに違いなく、それは、文献テキストとしてではなく、建物の属性に呼応する本文として成立したためであった。

五▶『百人秀歌』の試み

絵と歌による創造

『百人一首』と密接に関わる『百人秀歌』の本文は、嵯峨中院山荘に飾られた色紙を忠実に再現する形を取っていた。予め（あらかじ）テキストとして目論まれた秀歌撰ではなく、歌仙歌合形式による配置が重視された障子歌に基づいていたのである。

障子を装飾する企画として、本作は、遡る二十数年前、定家が尽瘁（じんすい）した『最勝四天王院障子和歌』と同様、絵と歌による創作であった。その先例の絵が歌枕を描くのに対し、これは歌仙を扱い、後鳥羽院が隠岐で編む『時代不同歌合』と等しい性格を有していた。その基本の属性の近さと、配置の基準の異なりから、『百人秀歌』は、『時代不同歌合』が湛える興趣に富む魅力を受け止め、その独創への共鳴とともに募る対抗意識に由来した秀歌撰と解されるのである。

一貫して二首を番え、並べるのは、その形式を取ることにおいて『時代不同歌合』に勝る番いを示せるからであり、『百人秀歌』編纂の根本の動機は、〈時代不同〉ではなく〈時代同一〉を結番の基準と定めることにあったと見てよいであろう。

しかも、『時代不同歌合』に見る並ぶ二首が生み出す興趣が、歌と絵を併せた鑑賞に基づくことを踏まえれば、その形式の踏襲が対抗の前提だったのであり、障子には色紙形に書かれた歌と向き合う歌仙像が描かれていたことが導かれる。

装飾として考えても、歌を書いた色紙だけを貼るのは興趣に乏しく、『最勝四天王院障子和歌』の催しにおける実践を踏まえても、絵の果たす役割は重かった。やはり絵との共存は企図に組み込まれていたと解するのが自然であるに違いない。

図31 「俊成本歌仙絵」 貞信公

とすれば、当然生じてくるのが、なぜ資料が残っていないのかという疑問である。それを解くための検討が求められてくる中、まず取り組むべきは、既に森暢氏によって指摘されていた俊成本の究明であろう（前出「百人一首絵」）。氏によって集成された「俊成本歌仙絵」十一葉の中には、貞信公の一葉（図31）が存する。図のとおり、斜め右後ろから見た、顔を右向きに捻る姿態が描かれ、歌は「をぐらやまみねのもみぢは心あらばいまひとたびのみゆきまたなん」が上部に散らされている。

貞信公、藤原忠平は『三十六歌仙』にも『時代不同歌合』にも採用されない人物であり、歌は『百人一首』のものであるので、氏が言われるように、これが「百人一首絵」である可能性は高い。ただし俊成本は複雑で、現状では新資料の出現を俟つしかないとされている。こうした江戸時代以前に遡る「百人一首絵」の博捜とその調査が、改めて求められるであろう。

その努力が継続される一方で、現今多く残されている「百人一首絵」の「時代不同歌合絵」との関わりそのものを問い直す試みもなされてよいのではなかろうか。

知られているとおり、重なる図が多い両者の関係は、これまですべて「時代不同歌合絵」からの影響と考えられてきた。例えば源重之の絵は、先にも触れたように、「時代不同歌合絵」で歌人を正面から捉える歌仙絵の中では特異な姿勢を取り（図32）、これが業兼本に受け継がれ（図34）、「百人一首絵」にも踏襲されている（図35・36）。先述のとおり、「時代不同歌合絵」は、「三十六歌仙絵」の業兼本と強く関わり、佐竹本（図33）とは関わらないことが見て取れる。

一方、貫之の絵は、これも顎に笏を持つ手を当てる「時代不同歌合絵」の独特のポーズ（図37）だが、こちらは佐竹本（図38）はもちろん、業兼本をも介さず（図39）、「百人一首絵」に受け継がれていく形である（図40・41）。もとより、「三十六歌仙絵」に先行する「時代不同歌合絵」が果たしているバイブルとしての役

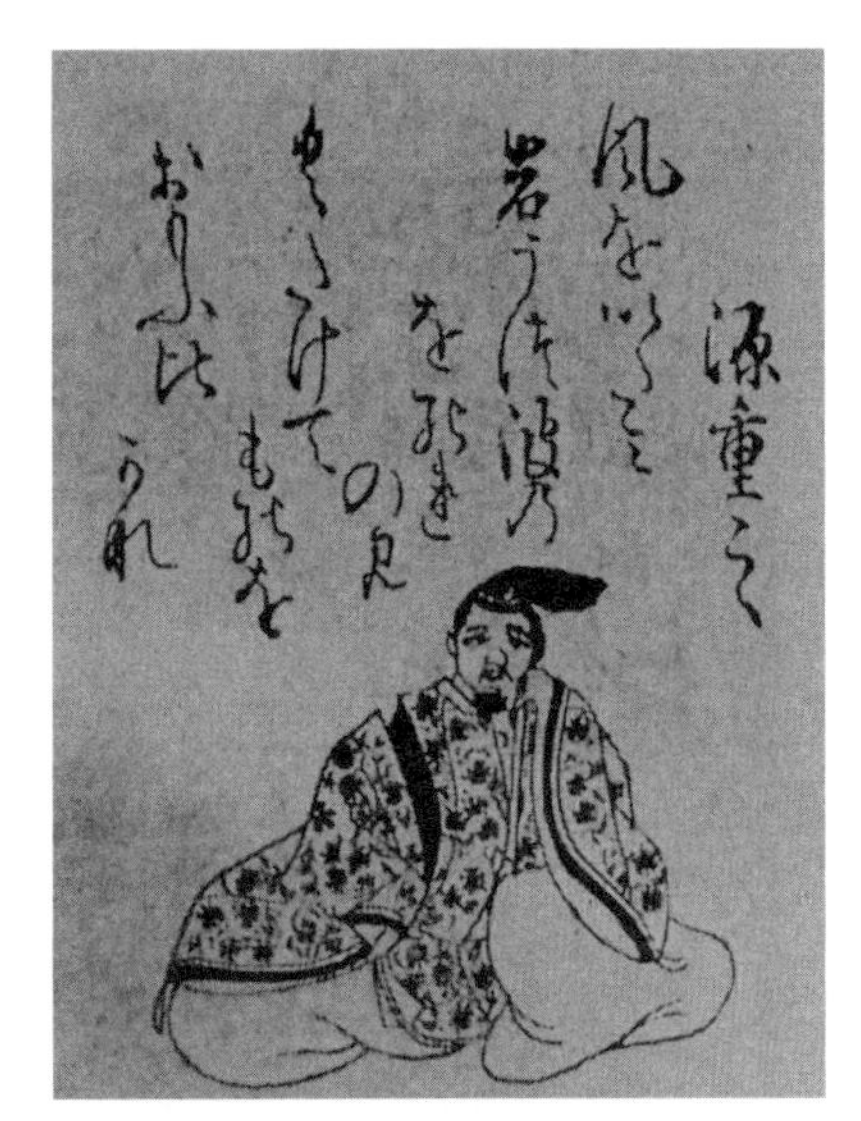

図32～36　重之像
右上：32　「時代不同歌合絵」
右中：33　佐竹本「三十六歌仙絵」
右下：34　業兼本「三十六歌仙絵」
左上：35　素庵本「百人一首絵」
左下：36　『百人一首像讃抄』

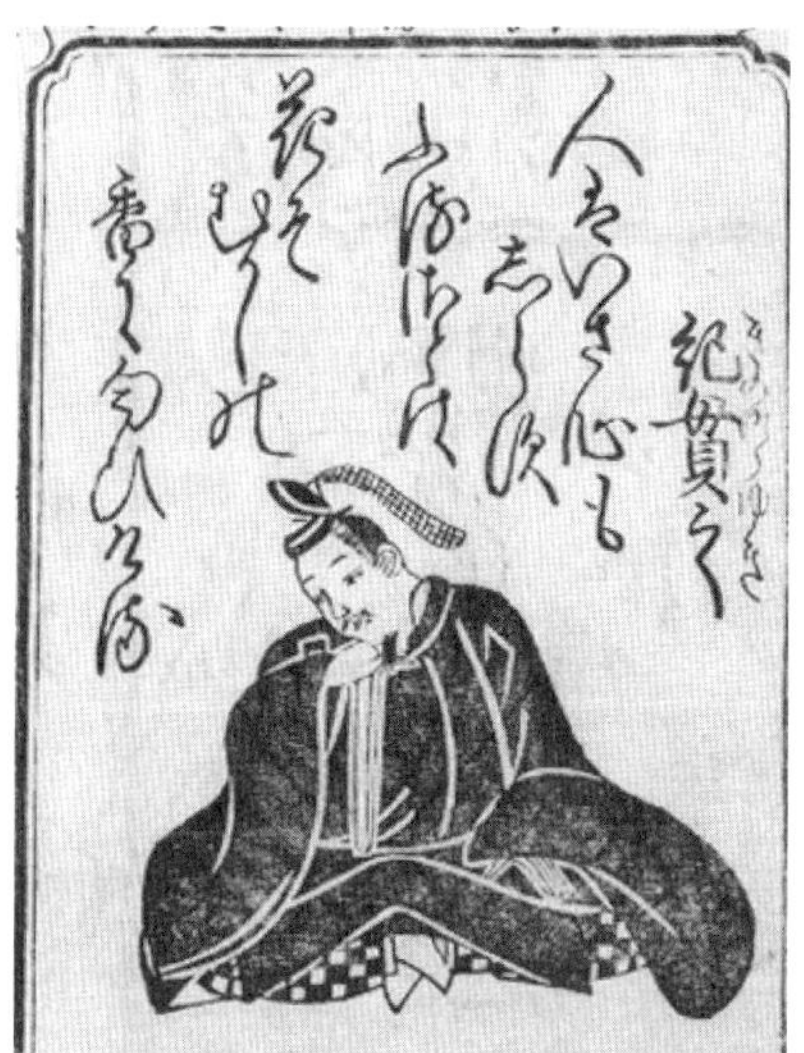

図37～41　貫之像
右上：37　「時代不同歌合絵」
右中：38　佐竹本「三十六歌仙絵」
右下：39　業兼本「三十六歌仙絵」（模本）
左上：40　素庵本「百人一首絵」
左下：41　『百人一首像讃抄』

バイブルとしての役割　片桐弥生氏は、歌仙絵の継承において「時代不同歌合絵」が「バイブル的な役割」を果たしたことを指摘される（前出「歌仙絵の世界――業兼本図様の成立と展開を中心に」）。

▲割を証明するものに違いなく、受け継がれるのは「時代不同歌合絵」の創意の重さによるであろう。

ただし、そもそも「百人一首絵」が当初から存在していたとすれば、〈影響〉のみではなく、両者に類似した絵が存した可能性、あるいは何らかの形で共存を契機として生み出された可能性も考えられてくる。貫之の絵は、一方向の継承とのみ捉える理解に再考を促す事例である。「百人一首絵」の源泉が嵯峨中院山荘の絵であり、そこに絵師、藤原信実の関与が想定され、彼は一方で、「時代不同歌合絵」の成立にも関与していた。安易な推論は許されないものの、信実が双方の絵を近い時期に描いていたと推定される事実を踏まえ、先入主を捨て、歌仙絵が同じ図柄を共有する現象にメスを入れ、由来を問い直す試みはなされてよいであろう。

『百人一首』との関わり

以上、絵の問題を考えるべく『百人秀歌』を読んで得られた知見は、長い議論が交わされてきた『百人一首』との関わりを捉え直すためにどう活（い）かしうるだろうか。

何より顧慮すべきは、成立の経緯に基づく両作の性格の異なりである。『百人秀歌』は、建物の障子に絵と共存するための歌として選ばれ、複数の間に並べられたテキストである。対する『百人一首』は、そうした条件を持たず、百首を単位とする和歌集成として編まれた文献テキストであった。

建物の障子に飾られる和歌は、その空間に足を踏み入れた誰の目にも速やかに飛び込み、自ずと読まれるのに対し、書冊の秀歌撰はそれを手にした者が繙かない限り読まれない。時代の空気と関わって、その違いが、成立の先後以前に両作を規制しているのであり、絵との相関はそれを増幅する。リアリティを有する似絵は、描かれた歌人の顕彰として高い効果を有するはずで、山荘に飾る装置の中に、歌仙絵を伴う後鳥羽院と順徳院の歌が存在することはあり得ないのである。

したがって、『百人一首』の構想が先に存しており、蓮生の依頼を受け、絵とセットにして掲げるため一部を改めた形の『百人秀歌』が成立する可能性と、蓮生の依頼を受けて『百人秀歌』を編み、それを書冊として残すために『百人一首』へと改編した可能性は、ともに存するのであり、単に本文のレベルの比較等からは、その先後を論定することは困難である。成立の違いに基づく両作の性格の差異が、議論に組み込まれなければならない。そのことを踏まえ、本書で試みてきた検討の結果が成立論に寄与できるのは、選歌理由に関わる部分である。

例えば、藤原公任の歌は、先に見たとおり、定家の他の秀歌撰では採用されておらず、『百人一首』においてはしばしば秀歌としての評価に問題が指摘されてきた。選ばれた理由として、公任の平安和歌史に果たす貢献に照らし、歌人として外せないと解する見方から、嵯峨の大覚寺の滝を詠むことにより、中院山荘がある嵯峨の地にちなむと解する見方まで、総じて消極的な理由が考えられてきた。

　対して『百人秀歌』では、清少納言の「夜をこめて」の歌と番いをなすことに積極的な意味を有しており、具体的に王朝人らしい知性と〈音〉を扱う等しさを軸に、対照の妙を味わうことのできる工夫が凝らされていた。音を評価する説も出されているが、それも番いの構造の中に回収されるのであり、この理解が説得的であるなら、公任の歌は『百人秀歌』においてまず採用され、『百人一首』の時代順への配列変更がなされたと解され、その逆は考えにくいことになる。

　好ましい組み合わせのための二首番いの原理に基づく選歌を踏まえるならば、『百人秀歌』先行説の蓋然性の高さが導かれるのである。

音を評価する説　吉海直人氏は「聴覚的幻想の世界」を表すものとして公任の歌が詠む「音」を新しい試みとする（『百人一首の新研究――定家の再解釈論』、和泉書院、二〇〇一年）。

おわりに

並ぶ二首の解明は、今後の『百人一首』論を新たに進める鍵となるであろう。

そもそも、番いの構造は、『百人秀歌』に限定されるのではなく、『百人一首』にも認められるものであった。解に幅はありながら、冒頭の天智天皇・持統天皇と末尾の後鳥羽院・順徳院の並びに典型をなすとおり、『百人一首』全体を通して番いへの配慮は散見される。上條彰次氏や辻勝美氏の論のように、『百人一首』の「ペア歌」に注目する見解も提出されていた。その配置を、秀歌撰として目指すものとの関わりからどう把捉するかが、今後の究明のかなめとなるはずである。『百人秀歌』先行説に立ち、対後鳥羽院を踏まえるなら、時代順に整えつつ、なお並びを意識することがいかなる進展であったのか。書冊としての完成形において歌仙歌合形式を脱し、かつ骨子の構造で受け継いだのか。その狙いが問われてくる。

逆に『百人一首』先行説に立つなら、『時代不同歌合』との関わり方の認定により、複雑な組み合わせが生じる。『時代不同歌合』との関係を認めない立場に立てば、すべては問題にはならないものの、本書が辿(たど)ったように『百人秀歌』の

山柿の門　大伴家持が傾倒する二人の歌人（『万葉集』巻十七）。「柿」は柿本人麿を指すが、「山」には山部赤人・山上憶良の両説がある。『古今和歌集』以降は人麿・赤人に定着する。

図42　『中古三十六人歌合』　藤原俊成

図43　『中古三十六人歌合』　西行

『時代不同歌合』からの影響を無視しがたい以上は、現『百人一首』の原形として想定しうる「原百人一首」であれ、当初段階における後鳥羽院との関わりはいかなるもので、それがどう変容したのかにつき、丁寧な検討が必要となってくる。

思えば、二人の歌人を並べることはこの時代に始まったのではなく、古くから行われてきた。「山柿の門」以来、二歌仙を並称し評価する習いは和歌史に受け継がれ、後鳥羽院が隠岐で、新古今時代を招来させた当代の両雄、藤原定家と家隆の秀詠五十首ずつを抜粋し、歌合形式に仕立てた秀歌撰、『定家家隆両卿撰歌合』にまで至っている。

彼らを導き、新古今時代を到来させた真の貢献者とも言える藤原俊成は、『百人秀歌』で西行と組まれるのに対し、『百人一首』では藤原清輔と並べられている。『後鳥羽院御口伝』で並称されるとおり、西行が番いとなるのは自然である（図42・43）一方、御子左家当主として六条家と競いあった歌壇活動においては、藤原清輔と組まれるのは自然である。これらの差異を、後鳥羽院との関わりの有無とも連動させて検討することが、解明を進める手がかりとなるであろう。

あとがき

本書は、国文学研究資料館が進めている歴史的典籍NW事業の共同研究「青少年に向けた古典籍インターフェースの開発」（代表：小山順子氏）と、科学研究費補助金「歌と絵と書の総合芸術としての歌仙絵作品の成立及び展開に関する抜本的総合研究」（基盤（C）研究代表者：寺島恒世、JSPS科研費16K02393）の成果の一部である。

「歴史的典籍NW事業」とは、正式名を「日本語の歴史的典籍の国際共同研究ネットワーク構築計画」と称する大型のプロジェクトで、「大規模学術フロンティア促進事業」に位置づけられるとおり、従来の枠組みを脱した先進的な研究の創出を目指すものである。そのため、当初から求められていたのが、名称に示される〈国際化〉とともに、〈異分野融合〉の観点に立つ共同研究であった。

採択時から事業に携わった立場として、自らが取り組みうる異分野融合研究のテーマをあれこれ模索するなか、『百人一首』の謎のうち、なお未解決のまま残る絵の問題が候補として浮上し、和歌との関わりからその追究を試みることとした。

異分野と言っても、〈文・理〉にわたる遠さに比べれば、「文学」と「美術」は隣接する近さにあり、しかも、日本の古典では既に、文学と絵画の相関を扱う研究の蓄積は堆く（うずたか）、独創性には乏しい。しかしながら、研究を進めるにつれ、『百人一首』の当該の難題を解き明かすには、和歌・絵画双方からの追究を融合させて行うことがきわめて有効であることを痛感させられた。

見たとおり、「百人一首絵」をめぐる資料や情報は不確かなものが多く、『百人一首』に絵が当初から存在していたか否かの判断は容易ではない。もとより研究とは、確かな根拠に基づき、偏（かたよ）ることのない論証を行うものである。しかし、根拠資料の乏しさを理由に慎重な立場を取りつづけることは、新たな解明の可能性を閉ざすことを意味する。誤解と恣意とをあくまで避けて、わずかなりとも手がかりが見いだせたならば、それに基づき、究明への道を進むべきであろう。

本書では、絵は当初から存在した可能性が高いことを導き、もって『百人一首』の成立と性格を捉え直してみた。この理解が、本共同研究が対象とする青少年にとどまらず、『百人一首』に興味と関心を有する多くの人々によって問い直され、真相が明かされるべく、研究が進展することを望みたい。

なお、米国ニューヨークのウェーバー・コレクション、ハワイのホノルル美術館には、貴重資料を閲覧させていただき、その画像データの本書への掲載をお許しいただいた。記して、両機関の関係者各位に謝意を表する。

二〇一八年九月

寺島恒世

掲載図版一覧（〔　〕内は所蔵機関整理書名）

図１　上畳本「三十六歌仙絵」 新修日本絵巻物全集19『三十六歌仙絵』（角川書店、1979年）より

図２　国文学研究資料館蔵（ヨ3-9）藤房本「三十六歌仙絵」〔三十六人歌合〕

図３　国文学研究資料館蔵（ヤ8-328）『三十六歌仙かるた』

図４　ホノルル美術館蔵（師宣絵本22）『百人一首像讃抄』

図５・28・29・30　国文学研究資料館蔵（ヤ8-331）『百人一首かるた』

図６　国文学研究資料館蔵（タ2-8）『井蛙抄』

図７・８・10・42・43　国文学研究資料館蔵（タ2-281）『中古三十六人歌合〔三十六歌仙帖〕』

図９　冷泉家時雨亭文庫蔵『百人秀歌』

図11　「最勝四天王院堂舎推定配置図」 福山敏男『日本建築史の研究』（桑名文星堂、1943年）より

図12　「御堂歌枕配置推定図」 寺島恒世『後鳥羽院和歌論』（笠間書院、2015年）より

図13　国文学研究資料館蔵（89-199）『最勝四天王院障子和歌』

図14　国文学研究資料館蔵（99-152）「時代不同歌合絵」〔歌仙絵巻〕

図15・16・17・18・19・20・26・27・32・37　ウェーバー・コレクション蔵「時代不同歌合絵」

図21・22・33・38　佐竹本「三十六歌仙絵」『大和文華館収蔵 田中親美復元 佐竹本三十六歌仙絵巻』（美術公論社、1984年）より

図23・24・25・34　業兼本「三十六歌仙絵」（断簡）　新修日本絵巻物全集19『三十六歌仙絵』（角川書店、1979年）より転載

図31　「俊成本歌仙絵　貞信公（赤星家旧蔵）」 森暢『歌仙絵・百人一首絵』（角川書店、1981年）より

図35・40　東洋文庫蔵　素庵本『百人一首』

図36・41　ホノルル美術館蔵（師宣絵本51）『百人一首像讃抄』

図39　業兼本「三十六歌仙絵」（模本）　新修日本絵巻物全集19『三十六歌仙絵』（角川書店、1979年）より

寺島恒世（てらしまつねよ）
1952年、長野県生まれ。筑波大学大学院文芸・言語研究科博士課程単位取得退学。博士（文学）。現在、武蔵野大学特任教授。専攻は、中古・中世の和歌文学。著書に、『和歌文学大系 後鳥羽院御集』（明治書院、1997年）、『新古今集古注集成 近世新注編2（尾張廼家苞）』（笠間書院、2014年）、『後鳥羽院和歌論』（笠間書院、2015年）、論文に、「後鳥羽院と定家と順徳院——「有心」の定位をめぐって」（『和歌文学研究』114号、2017年）などがある。

ブックレット〈書物をひらく〉16
百人一首に絵はあったか
——定家が目指した秀歌撰

2018年11月15日　初版第1刷発行

著者　寺島恒世
発行者　下中美都
発行所　株式会社平凡社
〒101-0051　東京都千代田区神田神保町3-29
電話　03-3230-6580（編集）
03-3230-6573（営業）
振替　00180-0-29639
装丁　中山銀士
DTP　中山デザイン事務所（金子暁仁）
印刷　株式会社東京印書館
製本　大口製本印刷株式会社

ISBN978-4-582-36456-9
NDC分類番号911.147　A5判（21.0cm）　総ページ96

平凡社ホームページ http://www.heibonsha.co.jp/

ブックレット
〈書物をひらく〉

1 死を想え『九相詩』と『一休骸骨』 今西祐一郎
2 漢字・カタカナ・ひらがな 表記の思想 入口敦志
3 漱石の読みかた『明暗』と漢籍 野網摩利子
4 和歌のアルバム 藤原俊成 詠む・編む・変える 小山順子
5 異界へいざなう女 絵巻・奈良絵本をひもとく 恋田知子
6 江戸の博物学 島津重豪と南西諸島の本草学 高津 孝
7 和算への誘い 数学を楽しんだ江戸時代 上野健爾
8 園芸の達人 本草学者・岩崎灌園 平野 恵
9 南方熊楠と説話学 杉山和也
10 聖なる珠の物語 空海・聖地・如意宝珠 藤巻和宏
11 天皇陵と近代 地域の中の大友皇子伝説 宮間純一
12 熊野と神楽 聖地の根源的力を求めて 鈴木正崇

13 神代文字の思想 ホツマ文献を読み解く 吉田 唯
14 海を渡った日本書籍 ヨーロッパへ、そして幕末・明治のロンドンで ピーター・コーニツキー
15 伊勢物語 流転と変転 鉄心斎文庫本が語るもの 山本登朗
16 百人一首に絵はあったか 定家が目指した秀歌撰 寺島恒世
17 歌枕の聖地 和歌の浦と玉津島 山本啓介